O assassinato de Margaret Thatcher

OBRAS DA AUTORA PUBLICADAS PELA EDITORA RECORD

O assassinato de Margaret Thatcher
O livro de Henrique
A sombra da guilhotina
Wolf Hall

HILARY MANTEL

O assassinato de Margaret Thatcher

e outras histórias

Tradução de
HELOÍSA MOURÃO

1ª edição

EDITORA RECORD
RIO DE JANEIRO • SÃO PAULO
2015

CIP-BRASIL. CATALOGAÇÃO NA PUBLICAÇÃO
SINDICATO NACIONAL DOS EDITORES DE LIVROS, RJ

M25a Mantel, Hilary, 1952-
O assassinato de Margaret Thatcher / Hilary Mantel; tradução de Heloísa Mourão. − 1ª ed. − Rio de Janeiro: Record, 2015.

Tradução de: The assassination of Margaret Thatcher
ISBN 978-85-01-10303-1

1. Ficção inglesa. I. Mourão, Heloísa. II. Título.

15-20852
CDD: 823
CDU: 821.111-3

Título original: THE ASSASSINATION OF MARGARET THATCHER

Copyright © Hilary Mantel, 2014

Texto revisado segundo o novo Acordo Ortográfico da Língua Portuguesa.

Todos os direitos reservados. Proibida a reprodução, no todo ou em parte, através de quaisquer meios. Os direitos morais da autora foram assegurados.

Direitos exclusivos de publicação em língua portuguesa somente para o Brasil adquiridos pela
EDITORA RECORD LTDA.
Rua Argentina, 171 − Rio de Janeiro, RJ − 20921-380 − Tel.: 2585-2000, que se reserva a propriedade literária desta tradução.

Impresso no Brasil

ISBN 978-85-01-10303-1

Seja um leitor preferencial Record.
Cadastre-se e receba informações sobre nossos lançamentos e nossas promoções.

EDITORA AFILIADA

Atendimento e venda direta ao leitor:
mdireto@record.com.br ou (21) 2585-2002.

Para Bill Hamilton,
o homem da William IV Street:
trinta anos depois, com gratidão

Sumário

Desculpe Incomodar — 9
Vírgula — 33
O QT Longo — 49
Férias de Inverno — 57
Harley Street — 67
Delitos Contra a Pessoa — 87
Como Saberei Que é Você? — 101
O Coração Para Sem Aviso — 125
Terminal — 143
O Assassinato de Margaret Thatcher: 6 de agosto de 1983 — 151
A Escola de Inglês — 179

Desculpe Incomodar

Naquela época, a campainha não tocava com frequência e, se tocasse, eu recuava para as entranhas da casa. Era só diante de um toque persistente que eu cruzava os tapetes na ponta dos pés e fazia o trajeto até a porta da frente e seu olho mágico. Tínhamos toda sorte de trancas e postigos, cadeados e dobradiças, correntes de segurança e altas janelas gradeadas. Através do olho mágico, vi um homem agitado num amarrotado terno cinza-prateado: uns 30 anos, asiático. Ele se afastou da porta e olhou ao redor, examinando a porta fechada e trancada diante dele e o topo das escadas de mármore empoeiradas. Ele apalpou os bolsos, tirou um lenço embolado e o esfregou no rosto. Parecia tão transtornado que seu suor poderia ser confundido com lágrimas. Abri a porta.

No mesmo instante, ele levantou as mãos como que para mostrar que estava desarmado, o lenço caindo como uma bandeira branca.

— Senhora!

Devo ter parecido apavorada sob a luz que manchava os azulejos com sombras oscilantes. Mas ele então respirou fundo, repuxou o paletó amassado para ajeitá-lo, passou a mão pelo cabelo e sacou seu cartão de visita.

— Muhammad Ijaz. Importação-Exportação. Sinto muito por perturbar sua tarde. Estou totalmente perdido. A senhora me permite usar seu telefone?

Eu me pus de lado para deixá-lo entrar. Sem dúvida, eu sorri. Considerando o que se seguiria, só posso supor que sorri.

— Claro. Se estiver funcionando hoje.

Eu caminhei na frente e ele me seguiu, falando; um negócio importante, já estava quase fechado, uma visita pessoal ao cliente era necessária, tempo — ele ergueu a manga e consultou um Rolex falso —, tempo se esgotando; ele tinha o endereço — mais uma vez, ele apalpou os bolsos —, mas o escritório não se encontra onde deveria. Ele falou ao telefone em um árabe acelerado, fluente, agressivo, as sobrancelhas se erguendo, para enfim menear a cabeça; ele baixou o fone e o fitou tristemente; depois me encarou com um sorriso amargo. Lábios finos, pensei. Quase um homem bonito, mas não: magro, pálido, facilmente abalado.

— Estou em dívida com a senhora, madame — disse ele. — Agora tenho que correr.

Eu queria oferecer algo, mas o quê? Usar o banheiro? Uma pausa para se aliviar? Não tinha ideia de como colocar em palavras. As palavras absurdas "lavar-se e se aprumar" me vieram à mente. Mas ele já se dirigia para a porta — porém, pela forma como a chamada terminara, achei que talvez não estivessem tão ansiosos por vê-lo em seu destino quanto ele queria vê-los.

— Esta cidade louca — comentou ele. — Estão sempre esburacando e desviando as ruas. Sinto muito por invadir sua privacidade. — No corredor, ele lançou outro olhar ao redor de si e ao topo das escadas. — Só os britânicos se dispõem a ajudar.

Ele deslizou pelo corredor e escancarou a porta com a pesada tela de ferro; dando passagem, por um momento, ao barulho indistinto do tráfego da via Medina. A porta se fechou, ele se foi. Fechei a porta do corredor cautelosamente e tornei-me uma só com o silêncio opressivo. O ar-condicionado trepidava como um velho parente padecendo de uma crise de tosse. O ar estava carregado de inseticida; às vezes, eu borrifava enquanto andava, e ele caía à minha volta, cintilando como névoa, véus. Retomei meu livro de frases e a fita cassete, Quinta Lição: *Estou morando em Jidá. Estou ocupada hoje. Deus lhe dê força!*

Quando meu marido voltou para casa à tarde, eu disse a ele:

— Um homem perdido passou por aqui. Paquistanês. Empresário. Deixei que ele entrasse para usar o telefone.

Meu marido ficou em silêncio. O ar-condicionado seguia em sua tosse rascante. Ele entrou no chuveiro após expulsar as baratas. Saiu novamente, pingando, nu, deitou na cama, fitou o teto. No dia seguinte, joguei o cartão de visita no lixo.

Na parte da tarde, a campainha tocou novamente. Ijaz voltava, para pedir desculpas, para explicar, para me agradecer por salvá-lo. Fiz um pouco de café instantâneo e ele se sentou e me contou de si.

* * *

Era então junho de 1983. Eu estava na Arábia Saudita havia seis meses. Meu marido trabalhava para uma empresa de consultoria de geologia com sede em Toronto e tinha sido recomendado por ela para o Ministério de Recursos Minerais. A maioria de seus colegas estava alojada em "conjuntos" familiares de vários tamanhos, mas os homens solteiros e um casal sem filhos como nós tinham que aceitar o que viesse. Este foi nosso segundo apartamento. O americano solteiro que o ocupara antes havia sido transferido às pressas. No andar de cima, neste bloco de quatro apartamentos, vivia um funcionário público saudita com sua esposa e bebê; o quarto apartamento estava vazio; no térreo, no extremo oposto do corredor ao nosso apartamento, vivia um contador paquistanês que trabalhava para um ministro do governo, gerenciando suas finanças pessoais. Encontrando mulheres no corredor ou na escada — uma delas coberta de negro da cabeça aos pés, outra parcialmente velada —, o solteiro animava sua vida exclamando "Olá!" ou possivelmente "Oi!".

Não houve nenhuma sugestão de maiores impertinências. Mas uma reclamação foi feita e ele desapareceu, e nós fomos morar lá em seu lugar. O apartamento era pequeno para os padrões sauditas. Tinha carpete bege e papel de parede branco-gelo, no qual havia uma suave estampa rugosa, quase imperceptível. As janelas eram guardadas por pesadas persianas de madeira que eram baixadas ao se girar uma maçaneta na parte de dentro.

Mesmo com as persianas erguidas, era escuro e eu precisava manter as lâmpadas fluorescentes acesas o dia todo. Os quartos eram separados entre si por portas duplas de madeira escura, pesadas como tampas de caixão. Era como viver numa casa funerária, com caixões empilhados ao redor e insetos oportunistas se fritando nas luzes.

* * *

Ijaz era formado por uma escola de administração de Miami, segundo contou, e sua empresa, seu principal negócio naquele preciso momento, era de água engarrafada. O acordo havia sido fechado na véspera? Ele foi evasivo: obviamente, não havia nada simples a respeito. Brandiu a mão no ar — é preciso dar tempo ao tempo, dar tempo ao tempo.

Eu ainda não tinha amigos na cidade. Tal como era, a vida social se centrava em casas particulares; não havia cinemas, teatros nem salas de reunião. Havia quadras de esportes, mas as mulheres não podiam frequentá-las. Nenhuma "reunião mista" era permitida. Os sauditas não se misturavam com os trabalhadores estrangeiros. Eles os desprezavam como um mal necessário; todavia, os expatriados de pele branca e fala inglesa estavam no topo da cadeia hierárquica. Outros — Ijaz, por exemplo — eram

"Cidadãos de País Terceiro", um rótulo que os expunha a toda sorte de truculência, insulto e complicações diárias. Indianos e paquistaneses trabalhavam em lojas e pequenos negócios. Filipinos trabalhavam na construção civil. Homens da Tailândia limpavam as ruas. Iemenitas barbados se sentavam nas calçadas do lado de fora das lojas, os saiões enrolados, as pernas peludas aparecendo, seus chinelos a centímetros dos carros em disparada.

Sou casado, disse Ijaz, e com uma americana; você precisa conhecê-la. Talvez, talvez você possa fazer algo por ela, sabe?

Na melhor das hipóteses, o que previ foi o habitual arranjo de Jidá, de casais unidos por algemas. As mulheres não tinham força motriz nesta cidade; não possuíam carteira de habilitação e só as ricas tinham motoristas. Assim, os casais que queriam fazer uma visita precisavam ir juntos. Eu não achava que Ijaz e meu marido se tornariam amigos. Ijaz era muito agitado e nervoso. Ele ria de tudo. Estava sempre mexendo no colarinho e torcendo os pés em seus mocassins puídos, sempre tamborilando no Rolex falso, sempre se desculpando.

Nosso apartamento fica junto ao porto, disse ele, com minha cunhada e meu irmão, mas ele voltou para Miami agora e minha mãe está aqui agorinha mesmo para uma visita, e minha mulher da América, e meu filho e minha filha, um de 6, a outra de 8 anos. Ele pegou a carteira e me mostrou um menino estranho com cabeça cônica.

— Saleem.

Quando saiu, ele me agradeceu novamente pela confiança em deixá-lo entrar na minha casa. Porque, comentou, ele podia ser qualquer um. Mas não é coisa de ingleses, pensar mal de estranhos necessitados. Na porta, ele apertou minha mão. Isto é tudo, pensei. E parte de mim pensou, melhor que seja mesmo.

* * *

Porque éramos sempre observados: por alto, sem exatamente sermos vistos, reconhecidos. Para passar do meu apartamento ao dela, minha vizinha paquistanesa Yasmin jogava um lenço sobre o cabelo ondulado, depois espiava pela porta; com movimentos nervosos, rápidos, ela saltitava pelo mármore, cabeça virando de um lado para o outro, caso alguém resolvesse entrar pela pesada porta da rua naquele momento. Às vezes, irritada com a poeira que soprava sob a porta e se acumulava no mármore, eu saía ao corredor com uma longa vassoura. Meu vizinho saudita descia do primeiro andar a caminho do carro e saltava por minhas vassouradas sem olhar para mim, a cabeça virada. Ele me brindava com invisibilidade, como um sinal de respeito à mulher de outro homem.

Eu não sabia bem se Ijaz me concedia esse respeito. Nossa situação era anômala e mais que propensa a mal-entendidos: eu recebia um visitante às tardes. Ele provavelmente achava que só o tipo de mulher que se arriscava demais deixaria um estranho entrar em sua casa. No entanto, eu não conseguia imaginar o que ele de fato pensava. Certamente a escola de administração em Miami e certamente seu período no Ocidente faziam minha atitude parecer mais normal do que o contrário, não? Sua conversa estava relaxada agora que ele me conhecia, cheia de piadas fracas das quais ele mesmo ria; mas logo vinha o pé sacudindo, os puxões no colarinho, o tamborilar dos dedos. Eu notei, ouvindo minha fita, que a situação dele estava prevista na Lição Dezenove: *Dei o endereço ao motorista, mas quando chegamos, não havia casa alguma no endereço.* Eu esperava mostrar com meu tom amigável e vívido o que era apenas a verdade: que nossa situação podia ser simples, porque eu não sentia absolutamente nenhuma atração por ele; tão nula que eu quase me sentia culpada por isso. Foi aí que começou a dar errado — minha sensação de que eu tinha de corroborar o caráter nacional que ele atribuía a mim e de que eu não podia frustrá-lo nem recusar uma amizade, para que ele não pensasse que era por ele ser um Cidadão de País Terceiro.

Sua segunda visita e a terceira foram uma interrupção, quase uma irritação. Sem opção naquela cidade, decidi aceitar meu isolamento, valorizá-lo. Eu estava doente naqueles dias e submetida a um duro regime de remédios que me causava dores de cabeça desesperadoras, me tornava ligeiramente surda e incapaz de comer, por mais que eu sentisse fome. Os medicamentos eram caros e tinham que ser importadas da Inglaterra; a empresa do meu marido as trazia por courier. Boatos vazaram sobre isto e as esposas da empresa concluíram que eu estava tomando remédios para fertilidade; mas eu não sabia disso e minha ignorância tornava nossas conversas peculiares e, para mim, um pouco ameaçadoras. Por que elas sempre falavam, nas ocasiões sociais forçadas da empresa, sobre mulheres que haviam sofrido abortos mas que agora tinham bebês saltitando nos carrinhos? Uma mulher mais velha confidenciou que seus dois tinham sido adotados; olhei para eles e pensei: Jesus, de onde? Do zoológico? Minha vizinha paquistanesa também se juntou às previsões da prole que eu teria em breve — ela estava por dentro dos rumores, mas eu atribuí suas insinuações ao fato de que ela estava esperando seu primeiro filho e queria companhia. Eu a via quase todas as manhãs para um intervalo de café e um papo, e preferia induzi-la a falar sobre o Islã, o que era bastante fácil; ela era uma mulher instruída e com vontade de instruir. Seis de junho: "Passei duas horas com minha vizinha", diz meu diário, "alargando o abismo cultural."

No dia seguinte, meu marido trouxe passagens aéreas e meu visto de saída para nossas primeiras férias de volta à Inglaterra, por sete semanas. Quinta-feira, 9 de junho: "Encontrei um fio branco na minha cabeça." Na Inglaterra havia uma eleição geral, e passamos a noite acordados para ouvir os resultados no *BBC World Service*. Quando apagamos a luz, a filha do dono da mercearia dançou em meus sonhos ao som de *Lillibulero*. Sexta-feira era feriado e dormimos sem perturbações até a chamada para a oração do meio-dia. O Ramadã começava. Quarta-feira, 15 de junho: "Li o *Twyborn Affair* e vomitei esporadicamente."

No dia 16, nossos vizinhos do outro lado do corredor partiram para a peregrinação, vestidos de branco. Eles tocaram nossa campainha antes de sair:

— Querem que tragamos algo de Meca para vocês?

Dezenove de junho chegou quando eu estava desesperada por mudança, movendo os móveis pela sala de estar e registrando "sem grande melhora". Escrevo que sou presa de "pensamentos desagradáveis e intrusivos", mas não digo quais. Eu me descrevo como "acalorada, enjoada e rabugenta". Por volta de 4 de julho eu devia estar mais feliz, porque escutei a *Eroica* enquanto passava roupa. Mas na manhã de 10 de julho, eu me levantei primeiro, coloquei o café para fazer, fui para a sala de estar e descobri que a mobília tentara voltar para o lugar original. Uma poltrona estava inclinada para a esquerda, como se executasse uma dança embriagada; de um lado, sua base se apoiava no tapete, mas do outro lado tinha um pé no ar e se equilibrava delicadamente na borda de um frágil cesto de lixo. Boquiaberta, corri de volta para o quarto; era o feriado do Eid, e meu marido ainda estava meio dormindo. Eu despejei um monte de palavras em cima dele. Silencioso, ele se levantou, colocou os óculos e me seguiu. Ele parou na porta da sala de estar. Olhou ao redor e me disse sem hesitação que não havia mexido em nada. Ele entrou no banheiro. Eu o ouvi fechando a porta, xingando as baratas, abrindo o chuveiro. Mais tarde eu disse: Devo ser sonâmbula. Você acha que é isso? Você acha que eu fiz isso? Doze de julho: Sonho de execução outra vez.

O problema era que Ijaz sabia que eu estava em casa; como eu iria a qualquer lugar? Certa tarde, eu o deixei no corredor enquanto ele apertava e apertava a campainha, e na vez seguinte, quando deixei que entrasse, ele me perguntou aonde eu tinha ido; quando respondi, "Ah, desculpe, provavelmente estava com minha vizinha", vi que ele não acreditou em mim, e ele me encarou com tanta tristeza que fiquei de coração partido. Jidá o oprimia, irritava, e ele tinha saudades, segundo disse, dos Estados Unidos, tinha saudades de suas visitas a Londres, tinha de ir em breve, tirar umas férias; quando seria nossa licença, quem sabe poderíamos nos encontrar? Expliquei que eu não morava em Londres, o que o surpreendeu; ele pareceu suspeitar que era uma desculpa, como minha recusa em atender a porta.

— Porque eu poderia obter um visto de saída — repetiu ele. — Encontrar lá. Sem tudo isso... — Ele apontou para as portas de caixão, a pesada mobília com vontade própria.

Ele me fez rir naquele dia, me contando sobre sua primeira namorada, a moça americana cujo apelido era Patches. Era fácil imaginá-la, atrevida e bronzeada, embasbacando Ijaz um dia ao tirar a blusa, balançar os seios nus para ele e pôr um fim à sua virgindade. O medo que ele sentiu, o terror de tocá-la... seu desempenho vergonhoso... Lembrando, ele esfregava a testa com os nós dos dedos. Fiquei comovida, suponho. Quantas vezes um homem nos conta essas coisas? Eu contei a meu marido na esperança de fazê-lo rir, mas ele não riu. Muitas vezes, para ser útil, eu eliminava as baratas com o aspirador antes de seu retorno do Ministério. Ele tirava a roupa e entrava. Eu ouvia o barulho do chuveiro. Lição Dezenove: *Você é casado? Sim, minha mulher está comigo, ela está ali parada no canto da sala.* Imaginei as baratas, escuras e estrebuchantes no saco do aspirador.

Voltei para a mesa de jantar, sobre a qual eu estava escrevendo um romance cômico. Era uma atividade secreta, que eu nunca mencionava para as esposas da empresa e mal mencionava para mim mesma. Rascunhei sob a lâmpada fluorescente até chegar a hora de sair para comprar comida. Era preciso fazer compras entre as orações do poente e as orações da noite; se perdêssemos a hora, então na primeira chamada de oração as lojas fechavam as portas, prendendo você lá dentro ou do lado de fora, no calor úmido do estacionamento. Os shoppings eram patrulhados por voluntários do Comitê para a Propagação da Virtude e da Eliminação dos Vícios.

No final de julho, Ijaz trouxe sua família para um chá. Mary-Beth era uma mulher pequena, mas parecia inchada sob a pele; apagada, sardenta, flácida, era uma ruiva desbotada que parecia ter-se fechado em si mesma, desacostumada a conversar. Uma filha silenciosa com olhos como estrelas negras tinha sido arrastada para a visita num vestido branco de babados. Aos 6 anos, Saleem e sua cabeça cônica já haviam perdido a gordurinha de bebê, e seus movimentos eram hesitantes, como se seus membros fossem quebradiços. Seus olhos eram vigilantes; Mary-Beth quase nunca encontrava meu olhar. O que Ijaz tinha dito a ela? Que a levaria para conhecer uma mulher que era um pouco como ele gostaria que ela fosse? Foi uma tarde infeliz. Só sobrevivi a ela porque estava vibrando numa onda de expectativa; minhas malas estavam prontas para nosso voo para a Inglaterra. Um dia antes, quando entrei no quarto de hóspedes onde guardava minhas roupas, tive outra visão desanimadora. As portas do armário embutido, que eram grandes e sólidas como as outras tampas de caixão, tinham sido removidas de suas dobradiças; haviam sido substituídas, mas presas somente pelas dobradiças inferiores, de modo que as metades de cima batiam como as asas de alguma máquina voadora em ruínas.

No dia 1º de agosto, deixamos o aeroporto internacional King Abdulaziz durante uma tempestade elétrica e tivemos um voo turbulento. Eu estava curiosa quanto à situação de Mary-Beth e esperava vê-la novamente, mas outra parte de mim desejava que ela e Ijaz simplesmente desaparecessem.

* * *

Só voltei a Jidá bem no fim de novembro, após deixar meu livro com um agente. Pouco antes de nossa partida, encontrei minha vizinha saudita, uma jovem mãe fazendo um curso de literatura de meio período na universidade das mulheres. A educação para as mulheres era considerada um luxo, um adorno, um caminho para um marido se gabar de sua própria mente aberta; Munira não conseguia nem começar a fazer seus deveres de casa, e eu passei a ir a seu apartamento no final da manhã e completá-los para ela, enquanto ela ficava sentada no chão de camisola, assistindo a novelas egípcias na TV e comendo sementes de girassol. Nós três, Yasmin, Munira e eu, nos tornamos amigas de meados da manhã; tanto melhor que elas me vejam, eu pensava, e que falem de mim quando eu saia. Era mais fácil que eu e Yasmin fôssemos lá para cima, porque, para descer, Munira tinha que se munir de véu completo e *abaya*; mais uma vez, aquele momento traiçoeiro, suspenso, no território público da escadaria, onde um homem podia surgir da rua e gritar "Oi!". Yasmin era uma mulher delicada, como uma princesa persa de uma miniatura; mais jovem que eu, vivia sempre arrumada, e para completar era um exemplo de boas maneiras e recato. Munira tinha 19 anos, com uma beleza bruta, ávida, uma pele clara e uma juba de cabelos que estalava com estática e parecia levar uma vigorosa vida própria; seu riso era uma gargalhada estridente. Ela e Yasmin se sentavam em almofadas, mas me davam uma cadeira; elas insistiam. Serviam Nescafé em minha homenagem, ainda que eu preferisse um chá local qualquer. Eu já havia descoberto a eficácia da cafeína contra a enxaqueca; algumas noites, sem dormir, marchando, eu subia pelas paredes, e só a chamada para a oração da alvorada me mandava para a cama, ainda pensando furiosamente em livros que eu poderia escrever.

Ijaz tocou a campainha no dia 6 de dezembro. Ele ficou muito feliz em me ver depois de minha longa ausência; sorrindo, ele disse:

— Agora você está mais parecida que nunca com Patches.

A comparação disparou um alarme em mim; nada, nada jamais tinha sido dito sobre aquilo antes. Eu estava mais magra, ele disse, e parecia bem — meus medicamentos tinham sido reduzidos e eu me expus a alguma luz solar, imaginei que era isto que causava aquele efeito. Mas, "não, há algo diferente em você", insistiu ele. Uma das esposas da empresa dissera o mesmo. Ela achava que, sem dúvida, eu havia finalmente concebido meu bebê.

Conduzi Ijaz à sala de estar, enquanto ele me seguia com elogios, e fiz o café.

— Talvez seja o meu livro — comentei, sentando-me. — Sabe, eu escrevi um livro... — Minha voz baixou de volume. Este não era o mundo dele. Ninguém lia livros em Jidá. Era possível comprar qualquer coisa nas lojas, exceto álcool e uma estante de livros. Embora fosse formada em inglês, minha vizinha Yasmin disse que nunca tinha lido um livro desde seu casamento; ela estava muito ocupada fazendo jantares sociais todas as noites. Obtive um pequeno sucesso, expliquei, ou espero um pequeno sucesso, escrevi um romance, sabe?, e um agente o aceitou.

— É um livro de histórias? Para crianças?

— Para adultos.

— Você fez isso durante suas férias?

— Não, eu já o vinha escrevendo.

Eu me senti culpada. Quando não atendi à campainha, eu estava escrevendo.

— Seu marido vai pagar para publicá-lo para você.

— Não, com sorte, alguém me pagará. Uma editora. O agente acredita que pode vendê-lo.

— Esse agente, onde você o conheceu?

Eu não podia dizer, "no Anuário de Escritores e Artistas".

— Em Londres. Em seu escritório.

— Mas você não mora em Londres — disse Ijaz, como se tirasse um ás da manga. Ele tentava encontrar algo de errado na minha história. — Provavelmente ele não presta. Talvez roube o seu dinheiro.

Eu vi, claro, que em seu mundo o termo "agente" cobria certas categorias amplas e duvidosas. Mas o que dizer de "Importação-Exportação", como estava escrito em seu cartão de visita? Não me soava como a essência da probidade. Eu queria discutir; ainda estava irritada com relação a Patches; sem aviso, Ijaz parecia ter modificado os termos de compromisso entre nós.

— Eu não penso assim. Não dei dinheiro a ele. A firma, ela é bem conhecida.

— O escritório deles fica onde? — bisbilhotou Ijaz, e eu insisti, entando me defender; no entanto, por que eu achava que um escritório na William IV Street era uma garantia de mérito moral? Ijaz conhecia Londres a fundo.

— Estação Charing Cross? — Ele ainda parecia afrontado. — Perto de Trafalgar Square?

Ijaz resmungou.

— Você foi ao local sozinha?

Eu não conseguia acalmá-lo. Dei-lhe um biscoito. Eu não esperava que ele entendesse o que eu estava fazendo, mas ele parecia ofendido por outro homem haver entrado na minha vida.

— Como vai Mary-Beth? — perguntei.

— Ela tem uma doença renal.

Eu fiquei chocada.

— É sério?

Ele ergueu os ombros; não um dar de ombros, mais uma rotação das juntas, como se aliviasse alguma dor antiga.

— Ela precisa voltar para a América para o tratamento. Está tudo bem. Eu queria me livrar dela de qualquer maneira.

Desviei os olhos. Não tinha percebido isso.

— Sinto muito por você estar infeliz.

— Você vê, na verdade não sei qual é o problema dela — comentou Ijaz, de mau humor. — Ela está sempre infeliz e reclamando.

— Sabe, este não é o lugar mais fácil para uma mulher viver.

Mas será que ele sabia? Irritado, ele disse:

— Ela queria um carro grande. Então eu comprei um carro grande. O que mais ela quer que eu faça?

Seis de dezembro: "Ijaz ficou muito tempo", diz o diário. No dia seguinte, ele estava de volta. Depois da maneira como ele havia falado da esposa — e da maneira como ele me comparou à querida Patches de seus velhos tempos de Miami —, eu não achava que deveria vê-lo novamente. Mas ele havia arquitetado um plano e não pretendia desistir.

Eu teria de ir a um jantar com meu marido e conhecer sua família e alguns de seus contatos comerciais. Ele vinha falando disto desde antes da minha viagem e eu sabia que ele atribuía muita importância ao evento. Eu queria, se pudesse, fazer algum bem a ele; Ijaz pareceria mais cosmopolita aos clientes se pudesse organizar uma reunião internacional, se — sejamos francos — pudesse aparecer com alguns amigos brancos. Agora chegara o momento. Sua cunhada já estava cozinhando, disse ele. Eu quis conhecê-la; eu admirava aqueles asiáticos vivendo fora de sua terra, sua habilidade poliglota, a forma como eles suportavam rechaços, e eu queria ver se ela era mais ocidental ou oriental ou o quê.

— Temos que organizar o transporte — alertou Ijaz. — Virei quinta-feira, quando seu marido estiver aqui. Quatro horas. Para dar as orientações de direção a ele.

Eu concordei. Não adiantava desenhar um mapa. Talvez estivessem desviando as ruas mais uma vez.

A reunião de oito de dezembro não foi um sucesso. Ijaz chegou atrasado, mas não pareceu dar-se conta. Meu marido lhe dedicou as mais breves cortesias de anfitrião, depois se sentou firmemente em sua poltrona, aquela que havia tentado levitar. Por seu silêncio atento, ele parecia preparado para impedir qualquer maluquice, quer fosse dos móveis, do convidado ou de qualquer outra coisa. Sentado na beira do sofá, Ijaz derrubava migalhas de sua baclava no colo, fazia malabarismos com o garfo e sacudia sua xícara de café. Depois do nosso jantar, ele disse que, quase no dia seguinte, voaria para a América a negócios.

— Viajo via Londres. Só por um pouco de diversão. Para relaxar, três ou quatro dias.

Meu marido se obrigou a perguntar se ele tinha amigos lá.

— Um amigo muito antigo — respondeu Ijaz, espanando as migalhas para o tapete. — Mora em Trafalgar Square. Um bom bairro. Você conhece?

Meu coração afundou; foi uma sensação física, de meses se afastando de mim, meses em que eu tive pouca luz natural. Quando Ijaz se foi — e ele se demorou no limiar da porta, explicando o caminho de forma mais e mais detalhada —, eu não sabia o que dizer, então fui para o banheiro, chutei as baratas para fora e me encolhi sob o córrego de água morna. Enrolada em uma toalha, deitei-me na cama, no escuro. Eu ouvia meu marido — imaginei que era ele, e não a poltrona — caminhando na sala de estar. Às vezes, naqueles dias, quando eu fechava os olhos, sentia que estava olhando para dentro de meu próprio crânio. Eu podia ver os hemisférios do meu cérebro. Eram convolutos e tinham cor de mingau.

* * *

O apartamento da família junto ao porto era tomado pelo cheiro de comida e socado de móveis. Havia fotografias em todas as superfícies, tapetes em cima de tapetes. Era uma noite quente e os aparelhos de ar-condicionado trabalhavam e trepidavam, cuspindo água, tossindo golfadas de mofo e poeira. A toalha de mesa era molenga e muito franjada, e eu não parava de afagar aquelas franjas, que pareciam pelos sintéticos, como as orelhas de um urso de pelúcia; elas me traziam conforto, embora eu me sentisse elétrica com a tensão. A mesa era presidida por uma velha gorda e decadente, uma mulher com uma longa mandíbula mastigadora; era como a Duquesa Feia de Quentin Matsys, só que com um *sari* brilhoso. A cunhada era uma mulher inteligente e seca, que emprestava uma sonoridade sarcástica a todas as suas frases. Eu podia entender o porquê; era evidente, por seus olhares insinuantes, que Ijaz tinha falado sobre mim e que me comprometera de alguma forma; se ele me apresentara como sua próxima esposa, eu oferecia pouca melhoria em relação à original. O desprezo dela se tornou completo quando viu que mal toquei a comida a meu dispor; eu continuava sorrindo e assentindo, recusando e declinando, mordiscando uma folha de salsa e bebericando minha Fanta. Eu queria comer, mas daria no mesmo se ela me oferecesse pedras num guardanapo. Será que Ijaz pensava, como os sauditas, que os casamentos ocidentais não significavam nada? Que entrávamos neles impulsivamente, e por impulso saíamos? Por acaso ele presumia que meu marido estava tão ansioso por me dispensar quanto ele estava em relação a Mary-Beth? Do ponto de vista dele, a noite não estava indo bem. Ele esperava dois gerentes de supermercado, segundo nos disse, homens importantes com poder de compra; agora que as orações da noite estavam acabadas, o trânsito estava em movimento novamente, os semáforos ficando verdes por toda a estrada Palestine e ao longo da Corniche; da rua Thumb ao viaduto da Pepsi, a cidade fervilhava, mas onde estavam eles? O suor pingava de seu rosto. Os dedos socavam os botões do telefone.

— Ok, ele está atrasado? Ele saiu? Ele está vindo agora? — Ijaz bateu o fone e depois olhou para o aparelho como se quisesse obrigá-lo a piar em resposta, como uma ave de estimação. — O tempo não significa nada aqui — gracejou ele, puxando o colarinho. A cunhada deu de ombros e torceu a boca para baixo. Ela nunca descansava, mas passava casualmente pela sala com um vestido de chiffon cor de pêssego, voltando da cozinha a cada momento com outra bandeja cheia; fora das vistas, presumivelmente, alguma escumadeira oleosa pingava sobre os pratos. A velha silenciosa deu conta de uma grande parte da comida, puxando os pratos em sua direção e trabalhando neles sistematicamente até que as estampas aparecessem sob seus dedos investigativos; você desviava os olhos e quando olhava de novo, o prato estava limpo. Às vezes, o telefone tocava:

— Ok, eles estão quase chegando — exclamava Ijaz. Dez minutos e sua testa se crispava novamente. — Talvez estejam perdidos.

— Claro que estão perdidos — cantarolou a cunhada. Ela riu; estava se divertindo. Lição Dezenove, traduza as seguintes frases: *Enquanto ele segurar o mapa de cabeça para baixo, nunca encontrará a casa. Eles começaram a viagem esta manhã, mas ainda não chegaram.* Parecia um caso perdido, tentar chegar a algum lugar, e a apostila dava testemunho disto. Eu não estava realmente aprendendo árabe, é claro, era muito impaciente; eu folheava as lições, buscando frases que podiam ser úteis se eu conseguisse pronunciá-las. Ficamos muito, muito tempo da noite esperando pelos homens que nunca tiveram a intenção de vir; no final, magoado e mal-humorado, Ijaz nos acompanhou até a porta. Ouvi meu marido inspirando uma lufada de ar úmido.

— Nunca teremos que fazer isso de novo. — Eu o consolei. No carro, comentei: — Não tem como não sentir pena dele.

Nenhuma resposta.

Treze de dezembro: meu diário registra que estou oprimida pela "escuridão, o ferro de passar e o cheiro do esgoto". Eu não podia mais tocar minha fita da *Eroica* pois ela se havia enroscado entre as entranhas do aparelho de som. Nos meus momentos de ócio, resumi quarenta capítulos de *Oliver Twist* para minha vizinha de cima. Três dias depois, eu estava "terrivelmente instável e inquieta" e lia a coletânea de cartas de Lyttelton e Hart-Davis. Mais tarde naquela semana, cozinhei com minha vizinha Yasmin. Registrei "uma tarde de dor grisalha". Ao mesmo tempo, Ijaz estava fora do país e percebi que respirava melhor quando não estava esperando o toque da campainha. Dezesseis de dezembro, eu li o *The Philosopher's Pupil* e visitei minha aluna no andar de cima. Munira pegou meus resumos dos quarenta capítulos, folheou-os, bocejou e ligou a TV.

— O que é uma *workhouse*? — Tentei explicar sobre a lei inglesa dos pobres, mas sua expressão se tornou vidrada; ela nunca tinha ouvido falar de pobreza. Ela gritou para sua criada, um grito de romper os tímpanos, e a menina, uma indonésia alquebrada, trouxe a filha de Munira para minha diversão. Uma criança pesada, solene, começando a andar, ou pisotear, independente, as mãos tateando para se firmar na mobília. Ela caía sentada com um grunhido, erguia-se novamente agarrando o sofá; as almofadas deslizaram para longe dela, ela caiu para trás, bateu sua grande cabeça de cachos feito saca-rolhas no chão e ficou ali gritando. Munira riu dela:

— Uma crioula branca, não é? Ela não puxou esse nariz chato do meu lado — explicou. — Nem esses lábios gordos. É do lado do meu marido, mas, claro, eles culpam a mim.

Dois de janeiro de 1984: fomos a um restaurante pequeno e escuro na saída da rua Khalid bin Wahlid, onde fomos instalados atrás de uma treliça na "área familiar". Na parte principal da sala, homens jantavam. A história de comer fora era mais uma ação que um prazer; era preciso galopar pela refeição, porque, sem vinho e seus rituais, não havia nada para torná-la mais lenta, e os garçons, que não tinham noção de que um homem e uma mulher podiam comer juntos por outro motivo que não a nutrição, orgulhavam-se de pegar seu prato assim que você acabava e instalavam outro cliente, mandando-nos às pressas de volta à rua empoeirada. Aquela luz laranja nebulosa, perpétua, como a iluminação de um filme ruim de ficção científica; o rosnado e o ruído constante do tráfego; eu passara a temer acidentes de trânsito, que eram frequentes, e cada vez que dirigíamos à noite, eu via espaços vazios sob pontes e viadutos; eles me pareciam anfiteatros em que as mortes do trânsito, cintilando, encenavam seus momentos finais. Às vezes, quando eu colocava os pés fora do apartamento, começava a tremer. Eu culpava os remédios que estava tomando; a dose tinha sido aumentada novamente. Quando eu via as outras esposas, elas não pareciam ter essas dificuldades. Falavam sobre hidroginástica e as vidas pregressas que levaram em Hong Kong. Elas faziam pequenas excursões ao *souk* para comprar joias, de modo que em seus braços magros e bronzeados deslizavam pulseiras, tilintando e badalando, como cubos de gelo que se batem. No Dia dos Namorados, fomos a uma festa do queijo; o vinho ficava para a imaginação. Eu estava borbulhando de felicidade; uma carta chegara da William IV Street, para me dizer que meu romance tinha sido vendido. Espetando seu Edam com um palito de coquetel, o chefe do meu marido assomou sobre mim:

— Seu maridão me disse que você terá um livro publicado. Deve estar custando uma boa grana a ele.

Ijaz, eu presumi, ainda estava na América. Afinal, ele tinha seus assuntos conjugais a resolver, assim como negócios. Ele não reaparece no diário até o 17 de março, Dia de São Patrício, quando escrevi, "Telefonema altamente indesejável". Por educação, perguntei como andavam os negócios; como sempre, ele foi evasivo. Ele tinha outra coisa a me dizer:

— Eu me livrei de Mary-Beth. Ela se foi.

— E as crianças?

— Saleem ficará comigo. A menina, não importa. Ela pode ficar com a menina se quiser.
— Ijaz, escute, tenho que desligar. Estou ouvindo a campainha.
— Que mentira.
— Quem é?
Como assim, ele achava que eu podia ver através da parede? Por um segundo tive tanta raiva que esqueci que só havia um fantasma na porta.
— Talvez minha vizinha — respondi covardemente.
— Em breve nos veremos — decretou Ijaz.
Eu decidi naquela noite que não conseguia mais suportar. Eu não me sentia capaz de tolerar nem uma xícara a mais de café juntos. Mas eu não tinha meios de pôr um fim naquilo e por isso arranjava desculpas, dizendo que tinha sido estragada pela sociedade à minha volta. Eu não conseguia me obrigar a falar diretamente com Ijaz. Ainda não tinha em mim a capacidade de esnobá-lo. Mas, a mera lembrança dele me fazia contorcer por dentro de vergonha, por minha própria falta de noção e pelas mentirinhas lamentáveis que ele contava para deturpar sua vida, e a situação à qual chegamos; pensei na cunhada, seu chiffon cor de pêssego e o lábio franzido.

No dia seguinte, quando meu marido chegou, eu me sentei com ele e instiguei uma conversa. Pedi-lhe que escrevesse a Ijaz e que lhe dissesse que não me ligasse mais, pois eu estava com medo de que os vizinhos tivessem notado suas visitas e chegado à conclusão errada: o que, como ele sabia, podia ser perigoso para todos nós. Meu marido me ouviu. Você não precisa escrever muito, eu aleguei, ele vai entender a questão. Eu deveria ser capaz de resolver isso sozinha, mas não estou autorizada a isso, está além da minha alçada, ou me parece estar. Eu ouvia minha própria voz, abalada, áspera; eu estava fazendo o que me desdobrara tanto para evitar, estava me abrigando atrás dos costumes daquela sociedade, descarregando o problema que eu havia criado para mim de uma forma feminina, fraca e rancorosa.

Meu marido via tudo isso. Não que ele tenha falado. Ele se levantou, tomou seu banho. Ele se deitou no escuro trepidante, no quarto onde as persianas de madeira bloqueavam a mais fina fenda de luz da tarde. Eu me deitei a seu lado. A chamada da oração da noite me acordou do meu cochilo. Meu marido tinha subido para escrever a carta. Lembro-me do estalo da tranca quando ele a fechou em sua pasta.

Eu nunca perguntei o que ele colocou na carta, mas o que quer que tenha sido, deu certo. Não houve nada — nenhum bilhete arrependido empurrado por baixo da porta, nenhum telefonema lamentoso. Apenas silêncio. O diário continua mas Ijaz sai dele. Eu li *Zuckerman Acorrentado, The Present & The Past*, e *The Bottle Factory Outing*. A caixa de correio da empresa desapareceu, com toda a correspondência dentro. Você acha que uma caixa de correio é uma coisa fixa e não sai vagando por sua própria vontade, mas passaram muitos dias até que alguém a encontrou numa agência distante do correio, e imagino que, se os móveis conseguem, uma caixa de correio pode se mover. Nós nos concentramos em nossa próxima viagem. Dez de maio, participamos de uma festa de despedida para um libertado cujo contrato estava acabando. "Caí enquanto dançava e torci meu tornozelo." Onze de maio: com meu tornozelo enfaixado, "assisti ao Massacre da Serra Elétrica".

Eu passei muito mais tempo em Jidá. Só parti, finalmente, na primavera de 1986. Àquela altura, já havíamos trocado de casa mais duas vezes, cruzando a cidade, e no fim ficamos fora dela, num conjunto próximo à rodovia. Nunca mais ouvi falar de meu visitante. Aquela mulher presa no apartamento da esquina da rua Al-Suror parece uma estranha agora, e me pergunto o que ela deveria ter feito, como poderia ter administrado melhor a situação. Deveria ter jogado fora os remédios, antes de mais nada; hoje são medicamentos de último recurso, porque todo mundo sabe que eles nos deixam assustados, surdos e doentes. Mas e quanto a Ijaz? Ela nunca deveria ter aberto a porta, para início de conversa. Em boca fechada não entra mosca; ela sempre dizia isso. Mesmo depois de todo esse tempo, é difícil entender exatamente o que aconteceu. Eu tento escrever como ocorreu, mas me vejo mudando os nomes para proteger os culpados. Eu me pergunto se Jidá me deixou para sempre fora do eixo de alguma forma, torta em relação à vertical e condenada a ver a vida com um desvio. Eu nunca sei bem se as portas vão ficar presas nas dobradiças, e não sei, quando apago as luzes à noite, se a casa está quieta como eu a deixei ou se a mobília está brincando no escuro.

Vírgula

Posso ver Mary Joplin agora, agachada entre os arbustos com os joelhos afastados, o vestido de algodão esticado sobre as coxas. No verão mais quente (e era esse), Mary tinha uma coriza e esfregava a ponta de seu nariz arrebitado com as costas da mão, pensativa, inspecionando depois o rastro de gosma lustrosa que o gesto deixava. Nós nos agachávamos, as duas, até as orelhas estarem na altura da grama que pinicava: grama que, após o alto verão, passava de pinicar a arranhar, e desenhava linhas brancas sobre nossas pernas nuas, como a arte de alguma tribo primitiva. Às vezes nos levantávamos juntas, como se puxadas por fios invisíveis. Separando a grama áspera em tufos, abríamos o caminho um pouco mais para perto de onde sabíamos que estávamos indo e aonde sabíamos que não deveríamos ir. Depois, como se por algum sinal pré-determinado, caíamos no chão outra vez, para ficar parcialmente invisíveis caso Deus desse uma olhada nos campos.

Enterradas na grama, conversávamos: eu, monossilábica, reservada, 8 anos de idade, usando um short xadrez preto-e-branco pequeno demais, que coubera bem no ano anterior; Mary com seus braços magros, patelas feito pires de ossos, as pernas machucadas, sua risada e sua gargalhada e suas bufadas. Alguma mão desconhecida, a dela mesma talvez, tinha prendido suas tranças com uma fita branca torcida; à tarde já estava enviesada, de modo que sua cabeça parecia um pacote mal-amarrado. Mary Joplin me fazia perguntas:

— Você é rica?

Fiquei espantada.

— Acho que não. Estamos mais ou menos na média. Você é rica?

Ela ponderou. Sorriu para mim como se fôssemos camaradas agora.

— Também estamos na média.

A pobreza significava olhos tristes voltados para o céu e um copo de esmolas. Uma criança necessitada. Você teria remendos coloridos costurados nas roupas; em um livro ilustrado de contos de fadas, você vive na floresta sob um beiral gotejante e o teto seria de palha. Você tem uma cestinha com uma tampa de pano, e a levaria nos braços ao visitar sua avó. Sua casa é feita de bolo.

* * *

Quando eu visitava minha avó, ia de mãos vazias, e eu era enviada apenas para lhe fazer companhia. Eu não sabia o que isso significava. Às vezes eu olhava para a parede até que ela me deixasse voltar para casa. Às vezes, ela me deixava tirar ervilhas da vagem. Às vezes, minha avó me fazia segurar a lã enquanto ela formava um rolo. Ela gritava para me chamar a atenção se eu deixasse baixar os pulsos. Quando eu dizia que estava cansada, ela respondia que eu não sabia o que aquela palavra significava. "Vou mostrar o que é cansaço", dizia ela. E ficava resmungando: "Cansada, vou mostrar para ela quem está cansada, vou cansá-la com uma boa bofetada."

Quando meus pulsos baixavam e minha atenção vacilava, era porque eu estava pensando em Mary Joplin. Eu sabia que não era para mencionar o nome dela, e a pressão de não mencioná-la a tornava, na minha imaginação, magrela e plana, atenuada, faminta, uma sombra de si mesma, então eu não tinha certeza se ela existia quando eu não estava com ela. Mas depois, no dia seguinte, à primeira luz da manhã, quando eu parava à nossa porta, via Mary encostada na casa em frente, sorrindo, coçando-se sob seu vestido, e ela me mostrava a língua até esticá-la inteira.

Se minha mãe olhasse para fora, também a veria; ou talvez não.

* * *

Naquelas tardes, zumbindo, sonolentas, nossos passeios tinham um propósito velado, e nos aproximávamos mais e mais da casa dos Hathaways. Eu não a chamava assim naquele tempo e, até aquele verão, eu não sabia que ela existia; parecia ter-se materializado durante a minha infância, à medida que nossos limites se alargavam, quanto mais nos afastávamos do centro da vila. Mary a encontrou antes de mim. Ficava sozinha, nenhuma outra casa construída por perto, e já sabíamos sem discussão que era a casa dos ricos; construída de pedra, com uma torre alta e redonda, que ficava em seus jardins delimitados por um muro, mas não alto demais para subir: caíamos suavemente entre os arbustos do outro lado. De lá, víamos que, nos canteiros do jardim, as rosas já estavam murchando como pesadas bolhas marrons em seus talos. Os gramados estavam ressecados. Longas janelas brilhavam e, ao redor da casa, no lado pelo qual nos aproximávamos, corria uma varanda, ou terraço, ou sacada; eu não tinha uma palavra para aquilo, e não adiantava perguntar a Mary.

Ela comentou animadamente, enquanto caminhávamos no campo:

— Meu pai diz: "Você é uma retardada, Mary, sabia disso?" Ele diz: "Quando fizeram você, querida, jogaram fora o diabo da forma." Ele diz: "Mary, você é dessas que acham que focinho de porco é tomada."

Naquele primeiro dia na casa dos Hathaways, abrigadas nas profundezas dos arbustos, esperamos que os ricos saíssem das janelas brilhantes que também eram portas; esperamos para ver que ações eles executariam. Mary Joplin me sussurrou:

— Sua mãe nem sabe onde você está.

— Bom, nem sua mãe.

À medida que a tarde avançava, Mary foi cavando um buraco ou ninho para si. Ela se acomodou confortavelmente sob um arbusto.

— Se eu soubesse que seria tão chato — resmunguei — teria trazido meu livro da biblioteca.

Mary amassava talos de capim, às vezes cantarolava.

— Meu pai diz: "Se vire, Mary, ou você vai ter que ir para o reformatório."

— O que é isso?

— É onde eles batem na gente todo dia.

— Mas o que você fez?

— Nada, eles só fazem isso e pronto.

Dei de ombros. Parecia bastante plausível.

— Eles batem nos fins de semana ou só nos dias de aula?

Eu me sentia sonolenta. Quase não me importava com a resposta.

— Você entra numa fila — respondeu Mary. — Quando é a sua vez... — Mary tinha uma vareta com a qual estava cavando o chão, girando e girando na terra. — Quando é a sua vez, Kitty, eles têm um grande pau e batem até você ver estrelas. Batem na cabeça até seu cérebro saltar fora.

Nossa conversa murchou: falta de interesse da minha parte. Com o tempo, minhas pernas, dobradas sob meu corpo, começaram a ter dores e cãibras. Eu me mexia, irritada, apontava para a casa com a cabeça.

— Quanto tempo temos que esperar?

Mary cantarolava. Cavava com sua vara.

— Feche as pernas, Mary — falei. — É falta de modos se sentar assim.

— Olha só — retrucou ela —, eu já vinha aqui quando uma pirralha como você precisava estar na cama. Eu vi o que eles têm nessa casa.

Nisto, eu despertei.

— O que eles têm?

— Uma coisa que você nem sabe o nome — disse Mary Joplin.

— Que tipo de coisa?

— Enrolada num cobertor.

— É um bicho?

Mary zombou.

— "Um bicho", ela diz. Um bicho, enrolado num cobertor?

— Dá para enrolar um cachorro num cobertor. Se ele estiver doente.

Eu sentia a verdade disso; queria insistir; meu rosto esquentava.

— Não é um cachorro, não, não, não. — A voz de Mary se demorava, guardando o segredo de mim. — Porque tem braços.

— Então é humano.

— Mas não tem forma humana.

Eu me sentia desesperada.

— Que forma tem?

Mary pensou.

— De vírgula — respondeu lentamente. — Uma vírgula, sabe, aquilo que você vê num livro?

Depois disto, ela não cederia mais.

— Você apenas vai ter que esperar — insistiu ela —, se quiser ver, e se você realmente quiser, vai esperar, e se realmente não quiser, pode dar o fora e perder, e eu posso ver tudo sozinha.

Após algum tempo, eu disse:

— Não posso ficar aqui a noite toda esperando por uma vírgula. Já perdi a hora do jantar.

— Eles não vão se importar nem um pouco — respondeu Mary.

* * *

Ela estava certa. Voltei tarde e nada foi dito. Era um verão que, em fins de julho, estorricava os adultos e suas decisões. Quando minha mãe me viu, seus olhos se vidraram, como se eu representasse um esforço a mais. Derramávamos suco de groselha na roupa e ficávamos com as manchas grudadas. Pés sujos e rosto manchado, vivíamos entre arbustos e capim alto, e a cada dia, um sol como o sol pintado por uma criança ardia num céu embranquecido pelo calor. Roupas lavadas pendiam como bandeiras de rendição nos varais. A luz se prolongava até tarde da noite, terminando com sereno e um anoitecer brusco. Quando finalmente nos chamavam para dentro, sentávamos sob a luz e tirávamos a pele queimada de sol em cascas e fitas. Havia uma sensação embotada de queimação por dentro dos membros, mas nenhuma sensação quando descascávamos como um vegetal. Éramos mandadas para a cama quando tínhamos sono, mas quando o calor da roupa de cama roçava contra a pele, acordávamos novamente. Ficávamos insones, girando as unhas em cima das picadas de insetos. Havia algo que pinicava na grama longa quando nos agachávamos, esperando o momento certo de saltar por cima do muro; havia algo mais que espetava, talvez quando esperávamos, espionando, nos arbustos. O coração batia com entusiasmo pela noite curta. Só na primeira luz vinha um frio, o ar claro como água.

E nesta luz clara da manhã, eu entrei saltitando na cozinha, dizendo, casualmente:

— Sabia que tem uma casa, depois do cemitério, onde vivem pessoas ricas? Ela tem estufas.

Minha tia estava na cozinha naquele momento. Ela colocava cereal de milho num prato e, quando ergueu os olhos, alguns flocos se derramaram. Ela encarou minha mãe e algum segredo passou entre elas, no movimento de uma pálpebra, numa torção no canto da boca.

— Ela está falando dos Hathaways — esclareceu minha mãe.
— Não fale sobre isso. — Ela quase parecia dar instruções. — Já é triste o bastante sem meninas fofocando.
— O que é triste... — comecei a perguntar, quando minha mãe explodiu como um maçarico.
— Foi lá que você esteve? Espero que não tenha ido até lá com Mary Joplin. Porque se eu vir você brincando com Mary Joplin, arranco seu couro. Pode anotar o que eu estou dizendo agora.
— Eu não fui lá com Mary. — Minha mentira foi fluente e rápida. — Mary está doente.
— De quê?
Eu disse a primeira coisa que me veio à cabeça.
— Micose.
Minha tia soltou uma gargalhada.
— Sarna. Lêndeas. Piolhos. Pulgas. — Havia prazer naquela doce invenção.
— Nada disso me surpreenderia nem um pouco — declarou minha tia. — A única coisa que me surpreenderia seria se Sheila Joplin segurasse aquela vadiazinha em casa ao menos um dia de sua vida. Vou dizer uma coisa, eles vivem como bichos. Não têm nem roupa de cama, sabia?
— Pelo menos os bichos saem de casa — completou minha mãe. — Os Joplins nunca saem. Só nascem mais e mais deles, vivendo amontoados e se batendo como porcos.
— Os porcos brigam? — perguntei. Mas elas me ignoraram. Estavam relembrando um famoso incidente anterior ao meu nascimento. Por pena, uma mulher levou para a Sra. Joplin uma

panela de cozido, e a Sra. Joplin, em vez de um civilizado não obrigado, cuspiu dentro.

Minha tia, com o rosto vermelho, reviveu a dor da mulher com o cozido; a história estava fresca como se ela nunca tivesse contado antes. Minha mãe entrou na conversa, entoando, num tom cadente, as palavras que acabavam o relato:

— E assim ela estragou o cozido para a pobre alma que tinha preparado e para qualquer outra alma que talvez quisesse comê-lo depois.

Amém. Nesta deixa, eu me mandei. Mary, como se ligada pelo apertar de um botão, estava parada na calçada, olhando o céu, esperando por mim.

— Já tomou café da manhã? — perguntou.

— Não.

Nem fazia sentido perguntar o mesmo a Mary.

— Eu tenho dinheiro para balas — falei.

Se não fosse a persistência dessa história sobre Sheila Joplin e o cozido, eu teria pensado, mais tarde na vida, que havia inventado Mary. Mas até hoje eles contam e riem dessa história na vila; ela se desprendeu do nojo original. Que coisa boa, que o tempo faça isso por nós. Que nos polvilhe de misericórdias, como pó de pirlimpimpim.

Eu me virei, antes de sair naquela manhã, emoldurada pela porta da cozinha.

— Mary está com bicheira — inventei. — Ela tem vermes.

Minha tia gargalhou.

* * *

Agosto chegou e me lembro das grelhas vazias, o piche cozinhando na estrada, o papel pega-mosca, amarelo, lustroso, gordo de tantas presas capturadas, pendurado na vitrine da mercearia da esquina. A cada trovão da tarde, à distância, minha mãe dizia, "Vai cair amanhã", como se o verão fosse uma bacia rachada e nós estivéssemos embaixo dela. Mas nunca caiu. Pombos acalorados se bicavam pela rua. Minha mãe e minha tia diziam, "O chá refresca", o que obviamente não era verdade, mas elas o engoliam aos litros em sua crença descabida.

"É o meu único prazer", dizia minha mãe. Elas abriam cadeiras de praia, esticavam as pernas brancas. Seguravam seus cigarros fechados nos punhos, como os homens, e a fumaça vazava entre seus dedos. As pessoas não notavam quando chegávamos ou saíamos. Não precisávamos de comida; arranjávamos um picolé na mercearia: o motor do congelador gemendo.

Não me lembro de minhas trilhas com Mary Joplin, mas, qualquer que fosse o rumo traçado, por volta das cinco sempre terminávamos nas proximidades da casa dos Hathaways. Eu me lembro da sensação de minha testa encostada à pedra fria da mureta, antes de saltarmos por cima dela. Lembro-me da areia fina em minhas sandálias, como eu a limpava, só para depois estar lá de novo, colada nas solas dos meus pés. Lembro-me da sensação de couro das folhas dos arbustos onde nos agachávamos, como seus dedos enluvados exploravam suavemente meu rosto. A conversa de Mary zumbia em meu ouvido: meu pai diz isso, minha mãe diz aquilo... Seria ao anoitecer, ela prometia, seria no crepúsculo que a vírgula — que ela jurava ser humana — apareceria. Sempre que eu tentava ler um livro, naquele verão, as letras se misturavam. Minha mente disparava através dos campos; minha mente acalentava a forma de Mary, a boca sorridente, a cara suja, a blusa lhe subindo pelo peito e mostrando suas costelas saltadas. Ela me parecia cheia de sombras, exposta onde não deveria estar, mas, de repente, puxava para baixo sua manga, recuava de um toque, fechava a cara se você a tocasse com o cotovelo: retraindo-se. Sua conversa revolvia, estupidamente, a sina que poderia se abater sobre nós: espancamentos, torções, chibatas. Eu só conseguia pensar naquela coisa que ela ia me mostrar. E preparava minha defesa com antecedência, minha defesa caso fosse vista atravessando os campos. Eu estava lá pontuando, eu diria. Estava pontuando, à procura de uma vírgula. Só eu, e de jeito nenhum com Mary Joplin.

Assim, devo ter ficado até bastante tarde, enterrada no mato, pois já estava sonolenta e cabeceando. Mary me cutucou com o cotovelo; acordei em um pulo, a boca seca, e teria gritado se ela não tivesse me estapeado na boca.

— Olhe.

O sol estava mais baixo, o ar fresco. Na casa, uma lâmpada estava acesa dentro das longas janelas. Uma delas se abriu e nós vimos: primeiro uma metade da janela; uma pausa; e depois a outra. Algo se projetou para dentro de nosso campo de visão: era uma longa cadeira de rodas, empurrada por uma mulher. Ela avançava facilmente, levemente, sobre as lajotas de pedra, e a mulher era o que me chamava atenção; o que estava na cadeira parecia apenas uma forma escura, embalada, e o belo vestido florido prendia meu olhar, a forma do permanente em sua cabeça; não estávamos perto o suficiente para sentir seu cheiro, mas eu supus que ela usasse perfume, *eau de cologne*. A luz da casa parecia dançar com ela, flutuante, escapando para a varanda. Sua boca se moveu; ela estava falando, sorrindo, para o pacote inerte que empurrava. Ela parou a cadeira, posicionando-a com cuidado, como se sobre alguma marca conhecida. Ela olhou ao redor, virando o rosto para a luz suave, cadente, e depois se inclinou para ajustar sobre a cabeça do pacote outro tecido, algum cobertor ou xale: nesse calor?

— Veja como ela o enrola — murmurou Mary para mim.

Eu vi; vi também a expressão no rosto de Mary, ansiosa e entregue, as duas coisas ao mesmo tempo. Com um carinho final nos cobertores, a mulher se virou e ouvimos o clique de seus saltos no pavimento quando ela foi até a janela francesa e seu vulto se mesclou à luz da lâmpada.

— Vamos tentar ver dentro. Dê um pulo — incitei Mary.

Ela era mais alta do que eu. Ela pulou, uma, duas, três vezes, aterrissando a cada vez com um grunhido baixo; queríamos saber o que havia dentro da casa. Mary parou para descansar; ela voltou a cair de joelhos; tínhamos de nos contentar com o que dava para ver; estudamos o pacote, preparado para nossa inspeção. Sua forma, sob as mantas, parecia ondular; sua cabeça sob o xale era vasta, pendente. É como uma vírgula, ela tem razão: seu rabisco de corpo, sua cabeça caída.

— Faça um barulho para ele, Mary — sugeri.

— Não quero — respondeu ela.

Então fui eu que, da segurança dos arbustos, lati como um cão. Eu vi a cabeça caída se virar, mas não consegui ver um rosto; e no momento seguinte, as sombras na varanda se moveram e, por entre as samambaias em seus grandes vasos de porcelana, surgiu a mulher do vestido florido, e ela protegeu os olhos do sol e olhou diretamente para nós, mas não nos viu. Ela se curvou bem baixo sobre o pacote, o longo casulo, e falou; ela olhou para cima, como se avaliando o ângulo do sol poente; deu um passo para trás, colocando as mãos nas alças da cadeira, e, com um movimento de balanço delicado, ela manobrou, puxando para trás e angulando a cadeira numa posição em que o rosto da vírgula ficasse erguido para o último calor; ao mesmo tempo, curvando-se novamente e sussurrando, ela puxou o xale para trás.

E nós vimos — nada; vimos algo que ainda não estava formado; vimos algo, não um rosto, mas talvez, pensei, quando me lembrei de tudo mais tarde, talvez uma negociação de um rosto, talvez uma ideia vagamente imaginada de um rosto, como quando Deus tentava nos modelar; vimos um vazio, vimos uma esfera, uma esfera sem feições, sem significado, e sua carne parecia solta dos ossos. Eu coloquei a mão na boca e me encolhi, me retraí, aos meus joelhos.

— Quieta. — O punho de Mary me acertou. Ela me bateu com força. Arrancadas pelo golpe, lágrimas mecânicas me saltaram dos olhos.

Mas depois de enxugá-las, eu me levantei, a curiosidade como um anzol nas minhas entranhas, e vi que a vírgula estava sozinha na varanda. A mulher tinha voltado para dentro da casa. Eu sussurrei para Mary: "Ela fala?" Eu entendia, entendia completamente agora, o que minha mãe quis dizer quando falou que na casa dos ricos já era triste demais. Abrigar uma criatura como aquela! Cuidar de uma vírgula, envolvê-la em cobertores...

— Vou jogar uma pedra nela, aí vamos ver se fala — disse Mary.

Ela enfiou a mão no bolso e o que puxou para fora foi uma grande pedra lisa, como se tirada da praia, da costa. Ela não encontrou aquilo por ali, então provavelmente tinha vindo preparada. Gosto de pensar que coloquei a mão em seu pulso, que disse: "Mary..." Mas talvez não. Ela se levantou de seu esconderijo, deu um único grito e atirou a pedra. Sua mira era boa, quase perfeita. Ouvimos a pedra quicando na estrutura da cadeira, e na mesma hora um grito baixo, não como uma voz humana, como alguma outra coisa.

— Eu acertei em cheio — afirmou Mary.

Por um momento, ela continuou de pé, ereta e orgulhosa. Depois ela se abaixou, mergulhou, farfalhando a meu lado. As formas noturnas da varanda, serenas, então se fraturaram e dividiram. Com um passo rápido, a mulher voltou, atravessando as sombras altas e arqueadas lançadas do jardim contra a casa, a sombra dos portões e treliças, os tetos-vivos de roseiras com suas flores em ruínas. Agora as flores escuras do vestido sopravam suas pétalas e sangravam na noite. Ela correu os poucos passos até a cadeira de rodas, parou por uma fração de segundo, a mão pairando acima da cabeça da vírgula; depois ela virou a cabeça de volta para a casa e gritou, a voz dura:

— Traga uma lanterna!

A dureza me chocou, de uma garganta que eu só imaginara capaz de arrulhar como uma rolinha, como uma pomba; mas depois ela se virou novamente e a última coisa que vi antes de correr foi como ela se inclinou sobre a vírgula e envolveu o xale, com toda a ternura, no crânio lamentoso.

* * *

Em setembro, Mary não foi à escola. Eu achei que estaria em sua turma agora, porque tinha passado de ano e, embora ela tivesse 10 anos, já se sabia que Mary nunca passava, só continuava onde estava. Eu não perguntei sobre ela em casa, porque agora que o sol desaparecia no inverno e eu estava bem segura dentro do meu couro, sabia que me doeria ser esfolada, e minha mãe, como ela dizia, era uma mulher de palavra. Quando sua pele é arrancada, eu pensava, pelo menos alguém cuida de você. Alguém o embala em cobertores numa varanda e conversa baixinho e o vira para o sol. Eu me lembrava da avidez no rosto de Mary e compreendia em parte, mas apenas em parte. Se você gasta seu tempo tentando entender o que aconteceu quando tinha 8 anos e Mary Joplin tinha 10, perde seus anos produtivos trançando arame farpado.

Uma garota mais velha me disse, naquele outono que "ela foi para outra escola".

— Reformatório?

— O quê?

— Foi para um reformatório?

— Não, ela foi para a escola dos retardados. — A menina deixou a língua pender da boca, balançando-a lentamente de um lado para o outro. — Entende?

— Será que eles batem nos alunos todo dia?

A garota mais velha sorriu.

— Não sei se eles se dão a esse trabalho. Suponho que tenham raspado a cabeça dela. Mary tinha a cabeça infestada.

Eu coloquei a mão no meu próprio cabelo, senti a falta dele, o frio, e em meu ouvido um sussurro, como o chiado da lã; um xale em torno da minha cabeça, uma maciez como lã de carneiro: um esquecimento.

* * *

Deve ter sido há 25 anos. Poderia ter sido há 30. Eu não fico lembrando muito: você lembraria? Eu a vi na rua e ela estava empurrando um carrinho, nenhum bebê dentro, mas uma grande sacola com um monte de roupas sujas caindo para fora; uma camiseta de bebê com cheiro de vômito, algo se projetando como uma manga de moletom, o canto de um lençol mijado. Na hora pensei, bem, aí está uma visão para alegrar os olhos, alguém daquela família indo para a lavanderia! Tenho de contar para minha mãe, pensei. Para que ela possa dizer: milagres acontecem.

Mas eu não consegui me conter. Segui logo atrás dela e disse:
— Mary Joplin?

Ela puxou o carrinho de volta para si, como se o protegesse, antes de se virar: só a cabeça, seu olhar avançando sobre o ombro, cauteloso. Seu rosto, no início da meia-idade, tornara-se indefinido, como cera: à espera de um beliscão e um toque para modelar sua forma. Passou pela minha cabeça que era preciso tê-la conhecido bem para reconhecê-la agora, era preciso ter passado horas com ela, observando-a de lado. Sua pele parecia flácida, solta, e não havia muito a ser lido em seus olhos. Eu esperei, talvez uma pausa, um hífen, um espaço, um espaço onde uma pergunta poderia surgir... É você, Kitty? Ela se inclinou sobre seu carrinho e ajeitou a roupa suja com um tapinha, como se para tranquilizá-la. Depois ela se virou para mim e me dirigiu um breve cumprimento: um único aceno, um ponto final.

O QT Longo

Ele tinha 45 anos quando seu casamento acabou, definitivamente, num dia suave de outono, o último do clima próprio para churrasco. Nada a respeito daquele dia tinha sido planejado, nada tinha sido intencional; contudo, mais tarde, dava para ver que cada elemento do desastre já estava em seu devido lugar. Acima de tudo, Lorraine estava em seu lugar, parada junto ao monstruoso freezer americano, acariciando suas portas de aço escovado com a unha esmaltada.

— Você entra aí às vezes? — perguntou ela. — Digamos, num dia muito quente?

— Não seria seguro — respondeu ele. — As portas poderiam travar.

— Jodie daria por sua falta. Ela soltaria você.

— Jodie não sentiria minha falta. — Ele só entendeu aquilo de verdade quando falou. — De qualquer forma — disse ele —, não tem feito tanto calor.

— Não? — insistiu ela. — Pena. — Ela se esticou e o beijou na boca.

Ela ainda tinha a taça de vinho na mão e ele sentiu o vidro rolando, frio e úmido em sua nuca, fazendo correr um arrepio em sua espinha. Ele a puxou mais para perto: um gesto de ampla gratidão, ambas as mãos em sua bunda. Ela murmurou algo, esticou o braço para colocar a taça na mesa, dando-lhe depois toda sua atenção, sua boca aberta.

Ele sempre soube que ela estava disponível. Só que não a encontrou sozinha numa tarde quente, com o rosto um pouco afogueado, três taças de Vinho Verde para além da sobriedade. Nunca sozinha porque Lorraine era o tipo de garota que andava com uma multidão de garotas. Era roliça, amável, acessível para a vizinhança e fácil de gostar. Ela dizia coisas bobas, como: "É tão chato ter nome de quiche." Tinha um cheiro delicioso, de coisas de cozinha: ameixas e baunilha, chocolate.

Ele a soltou e, quando relaxou seu aperto, ouviu seus pequenos saltos tocando o chão.

— Que bonequinha você é. — Ele esticou o corpo à máxima altura. Conseguia imaginar sua própria expressão quando baixava os olhos para ela: curioso, afetuoso, divertido; mal se reconhecia. Lorraine ainda tinha os olhos fechados. Estava esperando que ele a beijasse novamente. Desta vez, ele a segurou com mais elegância, as mãos em sua cintura, ela na ponta dos pés, língua tremulando na língua. "Devagar e sempre", pensou ele. Sem pressa. Mas depois, bruscamente, sua mão serpenteou pelas costas dela, como se tivesse vontade própria. Ele buscava a alça do sutiã. Mas uma torção, um retraimento disse a ele: não agora, não aqui. Onde então? Não podiam exatamente abrir caminho entre os convidados e subir juntos ao outro andar.

Ele sabia que Jodie estava tilintando pela casa. Ele sabia — e mais tarde admitiu — que ela podia ter surgido ali a qualquer momento. Ela não gostava de festas que envolviam portas abertas e convidados passando entre a casa e o jardim. Estranhos podiam entrar, e vespas. Era fácil demais parar no limiar da porta com um cigarro aceso, conversando, nem aqui nem lá. Você podia ser assaltado, ali mesmo. Recolhendo taças, ela atravessava grupos de seus próprios convidados, convidados que riam e passavam celulares uns para os outros, convidados que estavam, pelo amor de Deus, tentando relaxar e curtir a noite. As pessoas tentavam agradá-la engolindo o que restava e entregando suas taças. Se não, ela dizia: "Perdão, você já terminou?" Às vezes eles faziam pequenas pilhas de copos para ela, solícitos, e diziam: "Aqui está, Jodie." Eles lhe sorriam com indulgência, sabendo que a ajudavam com seu hobby. Eles a viam em seu próprio mundo, de costas para todos, enchendo a máquina de lavar louça. Não era estranho para ela começar uma lavagem antes que a festa completasse uma hora. Chegaria o momento, após o anoitecer, quando as esposas ficavam sentimentais e os maridos prepotentes e belicosos, quando começavam discussões sobre escolas particulares e raízes de árvores e licenças de estacionamento; neste ponto, ela dizia: "Quanto menos vidro houver, melhor." Ele respondia: "Você fala como se fosse uma briga de bar num gueto." Dizia: "Pelo amor de Deus, mulher, largue esse inseticida para vespas."

Tudo isso ele estava pensando enquanto mordiscava Lorraine. Ela se aninhou nele, abriu os botões de sua camisa e deslizou a mão por seu peito quente, e demorou os dedos sobre seu coração. Se Jodie de fato entrasse, ele apenas lhe pediria em voz baixa que não fizesse cena, que respirasse fundo e reagisse como as francesas. Depois, quando as pessoas tivessem ido embora, ele falaria com todas as letras: era hora de afrouxar as rédeas. Ele era um homem no auge da vida e precisava de alguma recompensa. Era apenas ele com seus esforços profissionais quem os mantinha em cozinhas planejadas. Ele ganhava um excedente muito maior do que qualquer coisa que ela poderia ter esperado, e sua astúcia os tornara quase à prova da porcaria da recessão; quem podia dizer o mesmo, em seu meio? E no fim das contas, ele estava preparado para ser justo. "Não é uma via de mão única", ele diria. Ela era um ser livre, assim como ele. Poderia querer uma aventura própria. Se conseguisse arranjar alguma.

Ele baixou a cabeça para sussurrar no ouvido de Lorraine
— Quando vamos trepar?
Ela respondeu:
— Que tal daqui a uma semana, na terça-feira?

Foi aí que a esposa chegou e parou à porta. Seus braços nus eram como caules caídos e as taças eram frutas pendendo das pontas dos dedos. Lorraine respirava calorosamente em seu peito, mas ela deve ter sentido que ele estava tenso. Ela tentou se afastar, murmurando:

— Ah, droga, é a Jodie, pule na geladeira.

Ele não queria soltá-la; segurou seus cotovelos, e por um momento se deteve e encarou a esposa por sobre o cabelo fofo de Lorraine.

Jodie deu um ou dois passos para dentro da cozinha. Mas ela parou, seus olhos neles, e pareceu congelar. Delicados tinidos tomaram conta do ambiente quando as taças começaram a tremer em seus dedos. Ela não falou. Sua boca se movia como se ela fosse falar, mas saiu apenas um ganido.

Em seguida, suas mãos se abriram. O chão era de mármore e o vidro explodiu. As taças se quebrando, o grito da outra mulher, o reflexo dos cacos a seus pés: isto pareceu deflagrar uma reação de Jodie. Ela emitiu um pequeno grunhido, depois ofegou e colocou a mão direita, agora vazia, no tampo do balcão de ardósia; em seguida, caiu de joelhos.

— Cuidado! — gritou ele. Jodie afundou suavemente nos cacos, como se fossem cetim, como se fossem neve, e o mármore cintilava a seu redor, um campo de gelo, cada lajota com sua borda arredondada, cada uma com um desenho sombreado suave como um suspiro. Ela bufou. Parecia atordoada, inconsciente, como se tivesse quebrado um espelho enfiando a cabeça nele. Estendeu a mão esquerda e sua mão estava cortada, uma fonte de sangue ramificada em afluentes na palma da mão. Ela olhou para ele, quase casualmente, e emitiu um ruído abafado. Ela se sentou nos calcanhares. Caiu de lado, a boca aberta.

Ele pisou no vidro para chegar até ela, esmagando-o como gelo. Pensou que era o momento de estapeá-la, que ela estava fingindo para assustá-lo, mas quando ele agarrou seu braço, estava mole, pesado, e quando ele gritou, Deus do céu, Jodie, ela não reagiu, e quando ele virou sua cabeça bruscamente para ver seu rosto, ela já tinha os olhos vidrados.

Assim pareceu mais tarde a ele, quando os acontecimentos da noite tiveram de ser recontados. Ele queria chorar no ombro da equipe da ambulância e dizer: fui levado apenas por curiosidade e um ligeiro desejo, e uma espécie de desafio infantil, e o fato de que estava lá para mim, numa bandeja, vocês entendem o que eu quero dizer? Ele disse: eu pensei em pedir a ela que fosse mais francesa. Provavelmente ela não teria sido, mas eu não achava que ela despencaria daquele jeito... Quer dizer, como alguém imaginaria? Como alguém imaginaria algo assim? E ajoelhada, ajoelhada no vidro.

Durante mais ou menos um dia, ele não foi coerente. Mas ninguém estava interessado em seu estado mental; não da maneira como se interessariam se ele estivesse preso por matar a esposa de alguma forma mais evidente. Um médico explicou para ele, quando acharam que ele estava pronto. Síndrome do QT longo. Um distúrbio da atividade elétrica do coração, que provoca arritmia, que por sua vez provoca, em certas circunstâncias, parada cardíaca. Genética, provavelmente. Pouco diagnosticada, na população em geral. Se identificamos cedo, nós médicos podemos fazer todo tipo de coisas: marca-passos, betabloqueadores. Mas não há muito a fazer quando o primeiro sintoma é a morte súbita. Um choque pode causá-la, ele disse, ou uma grande emoção, emoção forte de alguma espécie. Pode ser pavor. Ou desgosto. Mas, em contrapartida, nem sempre é assim. Às vezes, ele disse, as pessoas morrem de rir.

Férias de Inverno

No momento em que chegaram a seu destino, já não sabiam nem qual era seu próprio nome. O taxista sacudia o cartaz no ar enquanto eles perambulavam boquiabertos pela fila, até que Phil apontou e disse:

— Somos nós.

Pequenas pontas tinham crescido sobre o "T" de seu sobrenome, e o ponto no "i" boiara para longe como uma ilha. Ela esfregava o rosto, entorpecido pela saída de ar acima de seu assento; o resto de seu corpo se sentia amassado e endurecido e, enquanto Phil corria na direção do homem, acenando, ela descolava o pano de sua camiseta da base das costas e arrastava os pés atrás dele. Nós nos vestimos para o clima que queremos, como se para confrontá-lo, mesmo depois de termos consultado a previsão do tempo.

O motorista pousou sua mão peluda e possessiva no carrinho com a bagagem. Era um homem atarracado com o bigode de praxe, e usava uma jaqueta de sarja com zíper, com um forro de flanela aparecendo por baixo; como se para dizer: esqueçam suas ilusões de sol. O avião chegara atrasado e já estava escuro. Ele abriu a porta traseira para ela e atirou a bagagem na mala de seu sedã.

— Caminho longo. — Foi tudo o que ele disse.

— Sim, mas pré-pago — respondeu Phil.

O motorista desabou em seu assento com um ranger do couro. Quando ele bateu a porta, todo o veículo tremeu. Os encostos de cabeça da frente tinham sido arrancados, então, quando girou o corpo para dar ré, ele jogou o braço em ambos os encostos e olhou para além dela, sem vê-la, a um dedo de seu rosto, enquanto ela examinava os pelos de seu nariz sob os clarões vertiginosos das luzes do estacionamento.

— Recoste, querida — recomendou Phil a ela. — Ponha o cinto. Lá vamos nós.

Que adequado ele teria sido para a paternidade. Upa! Calma, calma. Já passou.

Mas Phil pensava o contrário. Sempre pensou. Ele preferia poder tirar as férias de inverno durante o período escolar, quando as tarifas de hotel eram mais baixas. Há anos ele vinha passando jornais para ela, dobrados naquelas reportagens que diziam como os filhos custam um milhão de libras até os 18 anos.

— Quando você vê desta forma — dizia ele —, é assustador. As pessoas acham que vão se safar com ajudas de custo. Com meias-porções. Não funciona assim.

— Mas o nosso filho não seria viciado em drogas — retrucava ela. — Não nessa escala. Não seria inteligente o bastante para ir à Eton. Ele poderia ir para a Hillside Comp. Contudo, ouvi dizer que eles têm piolhos.

— E você não gostaria de lidar com isso, não é? — completou ele: um homem tirando um ás da manga.

Eles avançaram lentamente pela cidade, as calçadas apinhadas, os botecos piscando seus letreiros, e Phil disse, como ela sabia que ele faria: "Acho que tomamos a decisão certa." Uma viagem de uma hora pela frente, e eles aceleraram pelos subúrbios amplos; a estrada virou uma ladeira. Quando teve certeza de que o motorista não queria conversa, ela relaxou no banco. Havia dois tipos de taxistas: os tagarelas com uma sobrinha em

Dagenham, que começavam a falar logo que saíam para a costa e o parque nacional; e aqueles que precisavam que cada grunhido fosse arrancado deles, que não diriam onde vivia a sobrinha nem se estivessem sob tortura. Ela fez uma ou duas observações de turista: como andava o clima?

Chovendo. Agora eu vou fumar — disse o homem.

Ele enfiou um cigarro direto do maço na boca, manejando um isqueiro e em certo ponto tirando as mãos totalmente do volante. Ele dirigia muito rápido, tratando cada guinada na estrada como um insulto pessoal, enfurecido a cada retenção. Ela podia sentir as opiniões de Phil se acumulando na ponta da língua: isso aí não vai fazer nada bem para a caixa de marchas, vai? No início, alguns carros os ultrapassaram, rumando para as luzes da cidade. Em seguida, o tráfego enfraqueceu e se esvaziou. À medida que a estrada estreitava, morros negros e silenciosos ficavam para trás. Phil começou a contar a ela sobre a flora e fauna dos maquis em altitudes elevadas.

Ela teve que imaginar a fragrância das ervas esmagadas sob os pés; os vidros do carro estavam fechados para a noite fria e rija. Ela deliberadamente desviou o rosto do marido e embaçou o vidro com seu hálito. A fauna era composta principalmente de cabras. Elas saltitavam pelas encostas, pedrinhas cascateando em seu rastro, e se jogavam no caminho do carro, com crianças correndo em seu encalço. Eram marcadas, malhadas, velozes e temerárias. Às vezes, um olho furtivo brilhava sob um farol. Ela se contorcia no cinto de segurança, que lhe serrava a garganta. Ela fechava os olhos.

No aeroporto de Heathrow, Phil havia sofrido na fila de segurança. Quando o jovem na frente deles se abaixou para desamarrar laboriosamente os cadarços das botas de caminhada, Phil disse em voz alta:

— Ele sabia que teria que tirar os sapatos. Mas não foi capaz de vir de mocassins, como o resto de nós.

— Phil — sussurrou ela, — é porque são pesadas. Ele quer viajar de botas para que não contem como bagagem.

— Pois eu digo que é egoísmo. Olhe aqui a fila se acumulando. Ele sabia o que ia acontecer.

O rapaz olhou de rabo de olho.

— Foi mal, meu chapa.

— Um dia você ainda vai levar um murro — comentou ela.

— Isso é o que veremos, não? — respondeu Phil: cantarolando, como uma criança brincando no parque.

Certa vez, um ano ou dois após seu casamento, ele confessou a ela que achava a presença de crianças pequenas insuportavelmente incômoda: o ruído imoderado, os brinquedos de plástico espalhados, as exigências desarticuladas de que você arranje algo, conserte algo, ainda que você não soubesse o que era.

— Pelo contrário — respondeu ela. — Elas apontam. Eles gritam: "Suco."

Ele balançou a cabeça tristemente.

— Uma vida inteira disso — retrucou. — Isso acabaria com você. Pareceria uma eternidade.

De qualquer forma, agora tudo começava a ficar acadêmico. Ela havia atingido aquele estágio em sua vida fértil em que as cadeias genéticas se embolavam e os cromossomos saíam correndo e se reagrupavam.

— Trissomias — dizia ele. — Síndromes. Deficiências metabólicas. Eu não faria você passar por esse tipo de coisa.

Ela suspirou. Esfregou os braços nus. Phil se inclinou à frente. Pigarreou, falou ao motorista.

— Minha mulher está com frio.

— Vista o casaco — respondeu o taxista. Ele enfiou outro cigarro na boca. A estrada agora subia numa série de curvas violentas e, em cada uma, ele dava uma guinada no volante, jogando a traseira do carro em direção às valas.

— Quanto tempo? — indagou ela. — Mais ou menos?

— Meia hora. — Se ele pudesse concluir a resposta com uma cusparada, ela sentiu que ele o teria feito.

— Ainda em tempo para o jantar — comentou Phil, encorajador. Ele esfregava os braços dela, como se para dar ânimo. Ela riu, trêmula.

— Assim parece que eles são de geleia — disse ela.

— Bobagem. Não tem nenhuma carne em você.

Havia uma meia-lua nublada, uma longa expansão de terra baixa à direita, uma linha áspera de árvores acima, e, quando ele segurou seu cotovelo, acariciando-a, houve mais uma vez uma derrapagem e um deslizamento, uma chuva de cascalho chocalhando pela estrada à frente. Phil apenas disse: "Só vou levar dois minutos para desfazer as malas." Ele estava começando a explicar a ela seu sistema para viajar com pouca bagagem. Mas o motorista resmungou, virou o volante, pisou fundo nos freios e os levou a uma parada brusca. Ela foi jogada à frente, machucando o pulso ao bater no banco. O cinto de segurança a puxou para trás. Eles sentiram o impacto, mas não viram nada. O motorista escancarou a porta e se abaixou no escuro.

— Cabra — sussurrou Phil.

Atropelada? O motorista puxou alguma coisa do meio das rodas dianteiras. Ele estava totalmente abaixado e eles viram seu traseiro se alçando no ar, com a beira da flanela em sua cintura. Dentro do carro, eles continuavam imóveis, como se para não chamar atenção para o incidente. Eles não se olharam, mas viram quando o motorista se endireitou, esfregou a base das costas, depois deu a volta e abriu a mala, pegando algo escuro, uma embalagem, uma lona. O frio da noite os açoitava bem no meio dos ombros, e aos poucos eles se encolhiam juntos. Phil pegou a mão dela. Ela a retraiu; sem petulância, mas porque sentia que precisava se concentrar. O motorista apareceu como uma silhueta diante deles, iluminado por seus próprios faróis. Ele virou a cabeça e olhou de um lado ao outro da estrada vazia. Tinha algo na mão, uma pedra. Ele se abaixou. *Paf, paf, paf.* Ela ficou tensa. Queria gritar. *Paf, paf, paf.* O homem se endireitou. Havia um embrulho em seus braços. "O jantar de amanhã", pensou ela. "Fervido com cebolas e molho de tomate."

Ela não sabia por que a palavra "fervido" lhe havia ocorrido. Ela se lembrou de um cartaz da cidade: Escola de Condução Sófocles. "Não diga que homem algum é feliz..." O motorista colocou o pacote na mala do carro, junto à bagagem. A porta da mala bateu.

Reciclagem, pensou ela. Phil diria: "Muito louvável." Se ele falasse. Mas, ao que parecia, ele havia decidido não dizer nada. Ela compreendeu que nenhum deles mencionaria aquele início terrível de suas férias de inverno. Ela embalava seu pulso. Suave, suave. Um movimento de ansiedade. Uma limpeza. Massagear a dor aguda. Vou continuar ouvindo isso, pensou ela, pelo menos no resto da semana: *paf, paf, paf*. Vamos fazer piadas a respeito, talvez. Sobre como ficamos paralisados. Como deixamos que ele continuasse com aquilo, o que mais poderíamos... porque não há veterinários patrulhando as montanhas à noite. Algo lhe subiu à garganta, algo que ela queria articular; ardendo em seu palato duro, descendo novamente.

* * *

O carregador disse:

— Bem-vindos ao Royal Athena Sun. — A luz se derramava de um interior de mármore e, ao alcance da mão, algumas frias colunas quebradas eram iluminadas por holofotes, a luz mudando de azul para verde e vice-versa. Aquilo devia ser a "decoração arqueológica" prometida, pensou ela. Em outro momento, ela teria rido daquela exuberante vulgaridade. Mas o ar úmido, o incidente...

ela deslizou para fora do carro e se endireitou, sem sorrir, a mão pousando no teto do táxi. O motorista passou por ela sem dizer uma palavra. Ele levantou a tampa da mala. Mas o carregador, esperando pela oportunidade de ser útil, colocou-se atrás dele. Estendeu ambos os braços para pegar as malas. O motorista se moveu rapidamente, bloqueando-o e, para seu próprio espanto, ela saltou à frente dizendo: "Não!" e Phil fez o mesmo: "Não!"

— Quer dizer... — continuou Phil. — São apenas duas bolsas. — Como se para provar a leveza da carga, ele agarrou uma das bolsas no próprio punho e fez girar numa alegre pirueta. — Eu sou adepto de... — falou. Mas a frase "viajar com pouca bagagem" lhe escapou. — Não muita coisa — concluiu.

— Ok, senhor. — O carregador deu de ombros. Um passo para trás. Ela ensaiou em sua mente, como se estivesse contando a uma amiga, muito mais tarde: você vê, nós fomos feitos cúmplices. Mas o taxista não fez nada de errado, é claro. Apenas algo eficiente.

E sua amiga imaginária concordava: ainda assim, instintivamente eles sentiam que havia algo a esconder.

— Estou pronto para um drinque — afirmou Phil.

Ele ansiava pela cena para além das portas de vidro: conhaque, cubos de gelo em forma de peixe, saltos altos ressoando em lajotas de terracota, arabescos de ferro forjado, lençóis de hotel, travesseiros macios. Não diga que homem algum é feliz. Não diga que homem algum é feliz até que ele desça à sepultura em paz. Ou pelo menos à sua suíte promocional; e até que ele possa deixar o dia de hoje para trás e acordar com fome amanhã. O taxista se inclinou para dentro do carro para recolher a segunda mala. Nisto, ele empurrou a lona para o lado, e o que ela vislumbrou — e, no mesmo momento, se recusou a ver — não foi um casco rachado de animal, mas a mão suja de uma criança.

Harley Street

Abro a porta. É o meu trabalho. Eu tenho uma centena de tarefas administrativas e um cargo efetivo, claro, mas na verdade sou a recepcionista. Eu recebo os cartões de consulta que os pacientes me enfiam na cara — muitos sem dizer sequer uma palavra — e os conduzo à sala de espera. Depois faço com que atravessem o corredor ou que subam as escadas para encontrar o que quer que esteja à espera deles: o que geralmente não é nada agradável.

Em geral, eles olham através de mim. Seus olhos e ouvidos estão fechados para tudo, exceto sua própria sina, e para eles não faria diferença se fossem conduzidos por um robô. Um dia eu disse isto à Sra. Bathurst. Ela virou os olhos para mim, daquela forma sonada dela. Um robô, repetiu ela. Ou um zumbi, eu disse com humor. Isso é o que nossos médicos deveriam fazer, criar um zumbi. Isso reduziria suas despesas e lhes daria menos motivos para reclamar.

Bettina, que tira sangue no subsolo, perguntou, como assim, criar um zumbi? Moleza, respondi. Pegue figueira-do-diabo e baiacu moído e depois misture tudo num coquetel de ervas de receita de família. Daí você os enterra por um tempo, desenterra, dá umas bofetadas para atordoá-los e eles viram zumbis. Eles andam e falam, mas perderam sua vontade própria.

Eu estava falando de brincadeira, mas, ao mesmo tempo, admito que estava assustando a mim mesma. Bettina me observava, para detectar sinais de loucura; sua bela boca se abriu como um morango cortado. E a Sra. Bathurst me examinava; sua mandíbula caiu, de modo que a luz se refletiu num dos dentes de ouro colocados para ela por Saca-Rolha, nosso dentista, por um preço camarada.

— Qual é o problema com vocês duas? — perguntei. — Não leem a *New Scientist*?

— Eu tenho a vista fraca — alegou a Sra. Bathurst. — Encontro na televisão companhia melhor.

É claro, a única coisa que Bettina compra é a *Hello*. Ela é de Melbourne e não tem senso de humor algum: nenhum tipo de senso, na verdade.

— Zumbis? — repetiu ela, articulando com cuidado. — Eu achava que zumbis serviam para cortar cana no sol quente. Nunca os associei à Harley Street.

A Sra. Bathurst balançou a cabeça.

— Além-túmulo — comentou pesadamente.

O Dr. Tíbia (primeiro andar, segunda porta à esquerda) estava passando.

— Ora, ora, enfermeira — falou, alarmado. — Isso lá é conversa que se tenha?

— Ela estava se referindo ao mistério da vida e da morte — expliquei para Tíbia.

A Sra. Bathurst suspirou.

— Não é tanto mistério assim, na verdade.

* * *

Bettina trabalha no subsolo, como eu disse, recolhendo amostras para o laboratório. Os pacientes vêm de médicos de todo lado da Harley Street, trazendo formulários com cruzes rabiscadas, indicando que exames de sangue devem ser feitos. Bettina extrai um pouco num tubo e coloca um rótulo. Os pacientes que envio para ela parecem enjoados, muito enjoados. Eles não gostam do que está por vir, mas o que é? Apenas uma picada de agulha. É verdade, tivemos alguns açougueiros lá embaixo, no passado; Bettina é avoada, mas hábil à sua maneira, e ela não os manda embora sangrando. Eu me lembro de apenas uma ocasião naquela primavera, uma jovem parando junto à baia onde fico alojada e dizendo "oh": fitando um filete fino de sangue que escorria desde a dobra do cotovelo até as veias azuis inchadas de seu pulso. Tinha 17 anos, anoréxica, anêmica. O sangue deveria ter saído tão pálido quanto ela, fino e esverdeado — mas, claro, na verdade era espantosamente vivo e vermelho. Eu atravessei minha porta e coloquei minhas mãos em seus ombros. Eu tinha mãos quentes e firmes, em maio. "Vá para baixo", disse a ela com firmeza, "desça até a Bettina e peça a ela outro curativo." Ela foi. A Sra. Bathurst estava cruzando o corredor com uma bandeja de amostras na mão. Eu vi seu queixo cair e ela colou a mão à parede para se firmar. Parecia sem fôlego e tão pálida quanto a paciente.

— Meu Deus! — disse ela. — O que aconteceu com essa mocinha?

Eu tive que servir uma caneca de chá para a Sra. Bathurst. E comentei:

— Se sangue embrulha o seu estômago, por que você estudou enfermagem?

— Oh, não — retrucou —, não, não é sempre que me afeta assim, de jeito nenhum. — Ela colocou as mãos em torno da caneca e a apertou. — Foi só porque trombei com ela ali no corredor — explicou. — Foi tão inesperado.

* * *

Bettina é ruiva, sardenta, branquinha. Quando ela se senta, seu jaleco branco se abre e a saia curta se eleva e mostra seus joelhos macios. Ela é um tanto pneumática e acéfala, e mesmo assim se queixa de falta de sucesso com os homens. Eles a chamam constantemente para sair, mas depois ela tem dificuldade de entender o que está acontecendo. Eles se encontram com outros caras em algum bar barulhento, e — "bem, eu achei que seria diferente na Europa", diz ela. Eles falam sobre autoestradas. Vários cruzamentos, a velocidade entre eles e vias interessantes que por acaso conheceram. No final da noite, algumas bebidas depois, os homens dizem, odiamos o Arsenal e odiamos o Arsenal. O dono do bar quer que os clientes saiam; Bettina também sai, deslizando pela parede do banheiro feminino rumo à saída mais próxima.

— Porque não — diz ela —, eu NÃO quero a baba e as patas deles em cima de mim.

No início do verão, ela começou a dizer, os homens não valem a pena. A televisão é melhor; não é tão repetitiva. Ou eu me aconchego com uma minissérie.

— Dá tudo na mesma, você precisa de um passatempo — disse a Sra. Bathurst. — Algo para distrair.

Bettina usa uma pequena cruz de prata no pescoço, numa corrente fina como um fio.

— Essa corrente vai arrebentar — comentou a Sra. Bathurst.

— É delicada — replicou Bettina, tocando a corrente.

Em Melbourne, ela foi treinada para ser delicada e doce. Às vezes ela lamenta, oh vida, oh céus, acho que extraviei uma de minhas amostras, ai, caramba! "Olhe, acalme-se", eu digo, "tenho certeza de que você não perdeu nenhum sangue." Daí ela conta seus tubos de vidro e verifica seus formulários novamente e está tudo bem. Um dia desses, algo vai dar errado, ela vai rotular errado as amostras e algum cara grande e peludo será informado de que tem deficiência de estrogênio e será convidado a visitar nossa Clínica da Menopausa. Ainda assim, se houvesse queixas, elas apenas terminariam perdidas no sistema. Os pacientes não deveriam acreditar que, só porque pagam pelo tratamento, vão ser tratados com respeito. Claro, soa respeitoso, a forma como nos expressamos quando enviamos as contas:

> O Dr. Tíbia oferece seus cumprimentos
> e aproveita para informar que sua taxa será de:
> 300 guinéus

Mas, pelas costas dos pacientes, está mais para "Malditos neuróticos! Acham que sabem tudo! Têm a coragem de vir aqui, querendo atenção! Fazendo perguntas! Eu, formado pela Barts!"

Vocês provavelmente acham que sou cínica, invejosa. Mas sempre achei que a Harley Street era uma rua sem esperança, muito longa, muito monótona, as grades infinitas e as placas de latão e as portas escuras de compensado, todas iguais. Eu me pergunto se os pacientes sonham com ela como eu, nessas madrugadas pegajosas de verão: como se ela se prolongasse não apenas através do espaço, mas ao longo do tempo, de modo que no fim não se encontra a Marylebone Road e a Cavendish Square, mas a morte, e o lugar onde você estava antes de nascer. Naturalmente, eu não diria nada parecido a Bettina ou à Sra. Bathurst. Pelo bem dos pacientes, você tem que tentar ficar alegre durante o dia.

As nossas instalações, no entanto, não são projetadas para levantar os ânimos. Mesmo que você nunca tenha ido a Harley Street, provavelmente tem uma imagem ideal na cabeça: poltronas *chesterfield* de couro, luminárias de bronze com tons escuros de verde, mesinhas de café de cedro cobertas de revistas *Country*

Life — no geral, um ambiente que sugira que, se seu estado é terminal, ao menos você partirá em grande estilo.

Nossa sala de espera não é assim. Nossas poltronas são de tipos variados e encardidas nos lugares onde cabeças e mãos se apoiam. Temos até uma cadeira de cozinha, com um assento de plástico vermelho. Quanto ao material de leitura, o velho Tíbia traz suas revistas de pesca quando termina de ler, *Que Minhoca Escolher?*, esse tipo de coisa. Esqueço agora por que o chamamos de Tíbia. Geralmente nomeamos os médicos segundo suas especialidades, e ele não é ortopedista. Deve ser pela aparência de seus pacientes — cada vez mais magros e ossudos. Nós os vemos chegando pela primeira vez, roliços e corados, caminhando orgulhosos em seus *tweeds* e caxemiras: depois os vemos ficando tão fracos que sequer conseguem subir ao outro andar.

Por outro lado, há Glândula, a endocrinologista do último andar. Glândula é uma mulher que chia quando anda. "Faça com que eu volte ao normal", suas pacientes suplicam: como se ela tivesse a mais vaga noção do que isso seria. Ela trata mulheres com tensão pré-menstrual e problemas causados por mudanças na vida: prescreve hormônios que as engordam. Elas chegam sugadas e pálidas, as mãos tremendo, ligeiramente violentas e malucas — alguns meses depois estão de volta, alegres, rotundas e bufando, queixos duplos, tornozelos inchados, olhos loucos afundados em carne nova.

Eu habito, como já disse, numa pequena caverna que tem uma abertura para o corredor, uma espécie de portinhola de serviço. Bettina diz, aqui é como Piccadilly Circus; ela acha que a expressão é original. Todos os nossos médicos entram e saem aos trancos. Eles colocam a cabeça na portinhola e dizem coisas como "Srta. Todd, a limpeza não está satisfatória".

— Verdade mesmo? — questiono, e então abro meu armário e tiro um pano. — Doutor — digo —, eu lhe apresento o paninho.

Paninho, este é o doutor. Vocês vão trabalhar em estreita parceria de agora em diante.

Limpeza, entendam, não é o meu trabalho. Ela é feita à noite pela Sra. Ranatunga e seu filho Dennis, quando não estou aqui para supervisioná-los. O Sr. Mancha, o ginecologista que é patrão da Sra. Bathurst, fica especialmente desagradável se sua mesa não estiver brilhando. Eles não querem pagar seu salário, sabe, os nossos médicos, mas mesmo assim querem um tratamento VIP, esperam deferência de mim como a que recebem de seus estudantes de medicina. O Sr. Mancha é um homem ambicioso, segundo a Sra. Bathurst: trabalha o dia inteiro. Ele mora em Staines — muito perto de mim, mas com mais estilo — e à noite faz abortos numa clínica de Slough. Às vezes, quando ele chega para pegar a ficha comigo, eu digo: "Oh, veja, doutor! Suas mãos estão sujas." Ele fica irritado, ergue as mãos; mas sim, olhe aí, aí, eu continuo. É divertido, vê-lo procurando e examinando loucamente os punhos da camisa em busca de manchas de sangue. Eu tomo partido, entendem? Não sou bem paga, mas tenho esse luxo.

Nosso outro médico em tempo integral é o Saca-Rolha, que já mencionei. Ele tem sua própria salinha de espera, onde deixa seus pacientes enquanto as anestesias fazem efeito. Seu truque é esperar até ter algum na cadeira — um cativo de lábios dormentes, a boca cheia de dedos — para depois começar a expressar suas opiniões. Fora com esses paquistaneses, esse tipo de coisa: toda a sofisticação que se pode esperar de um homem com iniciais depois do nome. Eu mando seus pacientes de volta ao mundo com as caras tortas e os cérebros chiando como bombas. Mesmo que eles tivessem liberdade de expressão, será que o contestariam? Ele poderia machucá-los da próxima vez.

Uma coisa a ser dita a favor do Saca-Rolha — não é tão ganancioso quanto os outros. Como eu disse, ele ofereceu à Sra. Bathurst um tratamento a um preço camarada.

— Você tem problemas com seus dentes, Sra. Bathurst? — perguntou Bettina: seu tom habitual, todo efusivo e afetuoso.

A Sra. Bathurst respondeu:

— Quando eu era pequena, me fizeram usar aparelho. Minhas gengivas ficaram moles desde então. — Ela colocou a mão em cima, como se estivesse secando uma gota de sangue do lábio. Ela tem dedos longos e unhas curtas horríveis e roídas. Pensei, é óbvio; ela é uma dessas pessoas que não gostam de falar de sua infância.

* * *

Lembro-me do dia em que a Sra. Bathurst apareceu na porta, seu currículo na bolsa: uma mulher de idade incerta, pálida, cabelos pretos se agrisalhando, puxados para trás como asas e presos com grampos. Ela usava uma capa escura que lhe caía bem por causa de sua altura. Mas ela a usou por todo o verão: em agosto, as pessoas reparam. Talvez antes fosse parte de seu uniforme, quando ela era uma enfermeira de hospital. É o tipo de coisa boa demais para se jogar fora.

Era final de junho quando ela me deu um sorriso e disse:

— Pode me chamar de Liz.

Eu tentei, mas não me saía fácil; para mim, creio que ela será a Sra. Bathurst para sempre. Ainda assim, fiquei satisfeita na hora, pois parecia que ela desejava estar em bons termos comigo. Entendam, eu tive alguns problemas na minha vida pessoal — complicado demais para entrar em detalhes — e acho que estava atrás de uma mulher mais velha, alguém em quem eu pudesse confiar.

Certa noite, perguntei: não quer sair? Vamos a algum lugar! Eu a levei a um pequeno restaurante francês onde eu costumava ir com meu namorado. É uma joia — à moda antiga, muito barato e provavelmente o último lugar em Londres onde os garçons são autenticamente desagradáveis ao estilo parisiense. Não posso dizer que a ocasião foi tranquila. A Sra. Bathurst não parecia interessada na comida. Ela passou a noite sentada na ponta da cadeira, encarando o que os garçons passavam carregando, e farejando. Quando a mesa ao lado pediu steak tartar, ela olhou para mim:

— As pessoas comem isso?

— Parece que sim.

— Como assim — continuou —, qualquer um?

— Se eles têm coragem.

— Certo — respondeu ela. Franziu a testa. — Nunca soube que dava para comer isso.

— Você não viu nada.

— Oh, sim — retrucou —, eu já vi.

Veio a conta e eu disse:

— Por minha conta; de verdade, Liz, sério.

Certo, obrigada, respondeu ela: tirou a capa do gancho junto à porta e saiu apressada pela noite adentro.

Eu quis gostar dela, sabem? Mas ela é dessas pessoas que não conseguem aceitar uma simples amizade quando é oferecida. Ela estava mais cativada por Bettina — embora, até onde eu conseguia ver naquela época, elas não tivessem nada em comum.

Bettina veio reclamar para mim:

— Essa mulher está sempre rondando no meu subsolo.

— Fazendo o quê?

Ela fez beicinho.

— Oferecendo ajuda.

— Isso não é crime.

— Você não acha que ela é lésbica?

— Como é que eu vou saber?

— Eu vi você tomando chá com ela.

— Sim, mas só Deus sabe. De qualquer forma, ela é casada, não é?

— Ah, *Sra.* Bathurst — disse Bettina com desdém. — Provavelmente não. Ela só acha que soa mais respeitoso ser chamada de senhora.

— Respeitável, você quer dizer.

— Ou isso. Lésbicas muitas vezes se casam.

— Casam?

— Com certeza.

— Tiro o chapéu para o seu conhecimento do mundo.

— Mas olhe só para ela! — insistiu Bettina. — Tem algo errado ali.

— Tireoide? — perguntei. — Poderia ser. Ela é magra. E suas mãos tremem.

Bettina assentiu.

— Olhos esbugalhados. Hmm. Pode ser.

Eu sinto muito por ambas. Bettina está numa espécie de turnê internacional, ganhando seu espaço no velho mundo — ela vai tirar sangue em várias cidades europeias, depois vai voar de volta para casa e se estabelecer, segundo diz.

Os pais da Sra. Bathurst vivem no exterior e ela nunca os vê.

Após nosso jantar fora — um desastre, provavelmente minha culpa — pensei em sugerir outra coisa; um filme, qualquer coisa assim. Só que, como eu disse, moro em um apartamento alugado em Staines a 35 minutos de Waterloo, e a Sra. Bathurst se mudou recentemente de Highgate para Kensal Green.

Como é lá?, perguntei a ela. Um buraco, respondeu. No alto verão, ela tirou duas semanas de folga. Não queria, segundo disse; na verdade estava detestando a ideia — mas o Mancha viajaria para uma conferência e a presença dela não era requerida.

No dia antes das férias, ela se sentou comigo na minha caverna, os olhos escondidos nas palmas das mãos.

— Sra. Bathurst — falei —, talvez Londres não seja para você. Não é... Eu mesma não acho que seja um lugar agradável, não é um lugar para mulheres sozinhas. — Especialmente, algo que eu não disse, quando chegam à sua idade.

Após um instante — talvez ela estivesse pensando no que eu estava dizendo —, ela tirou as mãos do rosto.

— Ir embora — ponderou ela —, esse é o jeito. Mudar, a cada um ou dois anos. Dessa forma, sempre se conhece alguém, não?

Meu coração se compadeceu dela. Eu rabisquei meu endereço.

— Apareça, alguma noite. Eu tenho um sofá, posso recebê-la.

Ela não queria pegar e eu enfiei o papel em sua mão. Que mão fria tinha: fria como um velho tijolo enterrado. Reconsiderei minha opinião sobre o estado de sua tireoide.

* * *

Ela nunca apareceu, claro. Eu não me importei — e me importo menos ainda em vista do que sei sobre ela agora —, mas fiz questão de não perguntar o que ela havia feito em suas férias. No seu primeiro dia de volta, ela parecia esgotada. Eu disse:

O que você tem feito, virado a noite?

Ela baixou a cabeça, mordeu o lábio, virou o grande rosto pálido para o outro lado. Ela me irritava, às vezes; era como se não entendesse a língua inglesa, as evasivas e frases de efeito que todos temos de aprender, todos nós, não importando de onde viemos.

— De qualquer forma — continuei —, você perdeu toda a diversão, Sra. Bathurst. Uma semana atrás, o prédio foi arrombado.

Eu cheguei certa manhã e lá estavam a Sra. Ranatunga e Dennis. A Sra. Ranatunga estava às lágrimas, torcendo sua flanela nas mãos. Havia um carro da polícia do lado de fora.

— Você saberia dizer por quê? — perguntou a Sra. Bathurst. Ela parecia mais animada. — Medicamentos?

— Sim, isso foi o que o Tíbia disse. Eles devem ter pensado que guardamos material aqui nas salas. Saquearam o subsolo, tinha vidro por todo lado. Praticamente arrancaram a porta da geladeira. Levaram amostras de Bettina, o que queriam com elas? O que poderiam fazer com tubos de sangue?

— Nem imagino. — A Sra. Bathurst balançou a cabeça, como se a condição humana estivesse além da sua compreensão. — Eu vou descer e me solidarizar com Bettina — sussurrou. — Pobre menina. Que choque.

* * *

Num sábado, após uma longa manhã em Harley Street, pensei em ficar pelo centro e fazer compras. Por volta das duas horas, já estava exausta pelo calor e pela confusão. Peguei um ônibus de turismo, fingi ser uma finlandesa monoglota e descansei as pernas na cadeira vazia a meu lado. Havia trovões no ar, um calor úmido. Turistas ficavam sentados num transe nas divisões de tráfego e nos parques. As árvores estavam verdes, as folhas penduradas em grandes massas aglomeradas, sussurrando lentas e pesadas. Perto do Palácio de Buckingham havia um canteiro de gerânios — tão escarlate que era como se a terra tivesse sangrado entre as calçadas. Eu vi a Guarda murchando em solidariedade, fraquejando em seus postos.

Naquela noite estava quente demais para dormir. Na noite seguinte, sonhei que estava na Harley Street. No meu sonho, era segunda-feira; é isso que as pessoas costumam sonhar, as que trabalham toda a semana. Eu estava chegando, ou saindo: a calçada estava sombreada — nascer ou pôr do sol — e vi que todas as grades da Harley Street tinham sido afiadas em ponta. Eu tinha uma companhia na rua, me seguindo passo a passo. Eu disse, veja o que fizeram com as grades. Sim, pontas bem perigosas, disse ela. Depois surgiu uma grande mão e me empurrou de encontro a elas.

No dia seguinte, eu estava grogue, perdi o meu trem de costume e cheguei a Waterloo com 12 minutos de atraso. Doze minutos — o que é isso se comparado à duração de uma vida? É o início de um péssimo dia, isso é o que é — porque logo vem o espreme-espreme na linha Bakerloo e a estação de Regent's Park com os elevadores quebrados. Quando cheguei à rua, tive que correr — caso contrário, Mancha e Tíbia enfiariam suas cabeças na minha portinhola, tamborilando nos relógios: Oh, onde está Todd? Eu entro na Harley Street. E o que vejo? Apenas Liz Bathurst chegando ao mesmo tempo. Eu a alcancei, coloquei minha mão em seu braço: Chegando tarde, Sra. Bathurst! Logo você! Não dormi nada, disse ela, nenhum descanso. Você também?, indaguei. Meu sonho desapareceu da lembrança; rapidamente, eu amoleci em empatia. Ela assentiu. Toda a noite acordada, comentou.

Mas nos três, quatro, cinco segundos seguintes, comecei a ficar absolutamente irritada. Não sei descrever melhor que isso. Deus sabe, Bettina me cansa, tão doce e tonta, e os médicos também, mas naquele momento percebi que a Sra. Bathurst me desgastava mais que tudo.

— Liz — falei num tom duro, admito —, por que você anda por aí do jeito que anda? Essa capa; jogue isso fora, pode ser? Queime, enterre, mande para um brechó. Você me deprime, mulher. Ajeite esse cabelo. Compre algumas lixas, arrume essas unhas!

Minhas unhas, disse ela, meu cabelo? Ela se virou para mim, o rosto pálido e inocente como a lua. E aí, sem aviso — e entendo que provavelmente a ofendi —, ela lançou o braço para trás e atirou seu punho entre os meus seios. Eu vacilei para trás, direto nas grades. Senti que elas se enterravam na minha pele, uma barra contra minha espinha e outra atrás de cada escápula. A Sra. Bathurst fugiu pela rua.

Eu coloquei minhas mãos atrás do corpo, passando os dedos por um momento em torno daquelas terríveis pontas descascadas;

eu me alavanquei e cambaleei atrás dela. Se eu tivesse alguma fé em nossos médicos, poderia ter pedido que algum deles desse uma olhada nos meus machucados. Mas, tal como eram as coisas, eu apenas fiquei abalada. E arrependida, porque eu tinha sido brutal — a culpa era do meu cansaço.

Durante todo aquele dia, eu senti dor. Os ruídos do lugar pareciam amplificados. Quando os médicos entravam e saíam, eu ouvia seus sapatos raspando nos tapetes. Eu podia ouvir Glândula chiando e bufando; os grunhidos de suas pacientes e os soluços das pacientes do Mancha quando ele as penetrava com seu espéculo frio, enquanto a Sra. Bathurst aguardava ao lado. Eu ouvia o chiado e a moagem da broca do Saca-Rolha, e o tilintar dos instrumentos nos pratos de aço.

Eu disse a Bettina, todo dia é segunda-feira? Sim, respondeu ela; era tão estúpida que achou que era uma pergunta normal. Ah, eu disse, então o Dr. Lobotomia vai chegar, das 2h30 às 8h30, primeiro andar, segunda porta à esquerda. Acho que vou fazer uma operação no cérebro, ou tomar um calmante pesado ou algo assim. Eu fui realmente péssima com a Sra. Bathurst hoje. Eu ri da cara dela por usar aquela capa.

Bettina torceu a boca de morango para baixo, apenas nos cantos. Seus grandes olhos — frutas verdes — arregalados de incompreensão.

— Eu sei que ela é antiquada — comentou —, mas não acho que isso seja engraçado.

Deveria ter notado, neste ponto, que elas se haviam aproximado, que me deixavam de fora? Naquele verão, me faltou percepção — é o que Lobotomia diria. No entanto, quando os pacientes chegam, eu os vejo por completo, até o osso. Posso ouvir seus corações palpitando, escuto sua respiração, sua digestão, estimo sua pulsação e digo se ainda estarão entre nós no Natal. É setembro agora e ainda me sinto destruída por Londres — me sinto quente, suja, desesperada quando volto a Staines para um banho de banheira ou de chuveiro. Como consolo, guardo esta imagem na cabeça: um dia vou me mudar para mais longe da cidade. Algum lugar apenas grande o bastante para mim. Algum lugar pequeno e tranquilo.

No dia seguinte, comprei um buquê de lírios quando atravessei Waterloo. Eu o enfiei nas mãos da Sra. Bathurst.

— Desculpe — disse eu. — Pelos comentários cruéis que fiz.
— Ela assentiu, ausente. Ela deixou o buquê sobre a mesa no corredor, não colocou na água; eu mesma não podia fazer isso, podia? Naquela noite, ela e Bettina foram embora juntas. Na saída, ela recolheu as flores apenas casualmente, sem olhar para elas. Jamais saberei se foram para casa com ela ou se foram parar no lixo.

No dia seguinte, Bettina surgiu do subsolo. Ela parou à minha porta, apoiada no batente. Parecia ligeiramente machucada e turva, como se seus contornos estivessem borrados.

— Eu gostaria de falar com você — avisou.

— Claro — respondi, bastante fria. — Está passando por algum tipo de problema?

— Não aqui — respondeu ela, olhando ao redor.

— Encontre-me à uma e quinze — marquei. Eu disse a ela como encontrar o restaurante francês. Era mais barato ainda na hora do almoço.

Eu cheguei primeiro. Bebi um pouco d'água. Eu não achei que ela viria, achei que ela perderia o endereço, perderia o interesse; seus problemas eram facilmente solucionáveis, afinal. Uma e meia, ela entrou saltitando — faces rosadas de orgulho, enrubescendo quando o garçom pegou seu casaquinho impermeável barato. Eles trouxeram o cardápio; ela o pegou sem vê-lo; tirou a franja encaracolada da testa e — como eu poderia ter previsto — caiu em prantos Tem sido um verão longo, difícil. Ocorreu-me o que a Sra. Bathurst dissera, sobre a necessidade de ir embora:

— Imagino que você não estará conosco por muito mais tempo, Bets?

Ela pregou seus olhos nos meus; isto me surpreendeu, ver aqueles grandes olhos azul-violeta tornando-se resolutos.

— Você não percebe, não é? — perguntou ela. — Meu Deus, quando você nasceu? Você não percebe que estou saindo com Bathurst, quase todas as noites agora?

"Saindo", certo. Mantive um silêncio bem criterioso: é o que se deve fazer, quando não se sabe bem o que os outros estão querendo dizer. Então ela fez algo estranho: os cotovelos na mesa, ela colocou os dedos na nuca e pareceu massagear a linha dos cabelos ali, afastando suas madeixas róseas. Era como se ela tentasse me mostrar alguma coisa. Um instante, quando seus olhos desafiaram os meus, e depois seus cabelos caíram de volta no pescoço branco, curto. Ela estremeceu; passou a mão no ombro, lentamente, e permitiu que ela deslizasse por seu seio, que lhe roçasse o mamilo. Um dos velhos garçons passou e fechou uma carranca, como se visse algo que não apreciava.

— Ora, vamos, Bets, não chore. — Eu estendi a mão, cobrindo a dela por um momento. Ok, então você é assim; eu deveria saber, não é verdade, quando você entrava na minha caverna para rir sobre perversidades sexuais? — Muitas pessoas são assim, Bettina.

— Ai, Jesus — disse ela. Toda sua doçura tinha desaparecido; ela praguejava, suava, empalidecia. — É como um vício.

— Existem grupos de apoio. Você pode ligar e pedir conselhos, sobre como assumir. Eu não imaginava que era um problema tão grande hoje, especialmente em Londres. Deve ser bastante fácil encontrar pessoas com a mesma... orientação.

Bettina balançava a cabeça, os olhos sobre a toalha de mesa xadrez. Talvez ela estivesse pensando em sua família em casa; diferentes costumes em Melbourne?

— Pense assim: talvez seja apenas uma fase que você está atravessando.

— Fase? — Ela levantou a cabeça. — Isso é tudo que você sabe, Todd. Eu sou assim para sempre, ora.

Deixando de lado meus preconceitos — o que não é fácil, e por que deveria ser? —, devo dizer que não tenho uma opinião das melhores sobre a Sra. Bathurst, embora como colega de trabalho ela esteja muito mais animada ultimamente. Agora que ela se juntou com Bettina, está energizada, vivaz. Seus olhos brilham e ela continua me olhando. Quer fazer as pazes, suponho, por me atacar na rua. Ela me pediu para visitá-la no próximo fim de semana. Não sei se vou ou não. Venha para uma boquinha, foi o que ela disse.

Delitos Contra a Pessoa

Seu nome era Nicolette Bland e ela era amante do meu pai. Isso foi lá pelo início dos anos 1970. Já faz muito tempo que ele não está mais sob o jugo dos impulsos da carne. Tinha cara de Nicolette: linda, empertigada, cabelos curtos e artisticamente enrolados; olhos escuros, grandes, ligeiramente enviesados. Tinha cor de mel, como se voltasse de férias, e parecia descansada, e raramente não estava sorrindo. Eu lhe dava uns 26 anos. Eu tinha 17 e trabalhava no verão antes de ir para a universidade como contadora iniciante nas catacumbas do meu pai. Estagiando, dizia ele. Eu nunca soube por quê.

Eu sempre a via datilografando, *clique-clique*: pequenos movimentos rápidos de suas unhas peroladas.

— Tem gente que diz: "Mulheres, nunca aprendam a datilografar!" — arrisquei.

Estavam apenas começando a dizer isso, por volta de 1972.

— Verdade? — comentou ela, uma das mãos se detendo por um momento. — Não comece, Vicky. Tenho muito que fazer até a hora do jantar.

Ela fez um pequeno movimento de enxotar e voltou direto à máquina, *clique-claque, cloque-clique*.

Eu era fascinada por seus pés. Ficava virando minha cabeça para baixo e olhando para eles, lado a lado sob a mesa.

Saltos-agulha tinham saído de moda, mas ela se mantinha fiel a eles. Os seus eram negros e extremamente lustrosos. Certa vez, quando meu pai saiu de seu escritório, ela disse sem erguer os olhos — *clique-cloque, claque-cloque:*

— Frank, você acha que poderíamos fixar um tampo na parte da frente desta mesa?

No momento em que voltei, no Natal, eu fiquei com a mesa dela porque ela havia ido trabalhar na Kaplan, do outro lado da Albert Square.

— Algo com algum elemento de supervisão — disse meu pai. — Também um ambiente mais amplo de trabalho; a experiência dela aqui, você sabe, ficou restrita, como estamos, a mandados de...

— Infrações rodoviárias — completei. — Delitos contra a pessoa.

— Sim, esse tipo de tarefa. Além disso, pelo que sei o jovem Simon ofereceu a ela cem a mais por ano.

— Provavelmente tíquetes-refeição — comentei. — Eu não me surpreenderia. A Navalha de Occam raspa mais rente — completei. Eu só passei a suspeitar de algo quando ele começou a multiplicar explicações. Meu pé se lançou à frente — isso acontece quando vejo a verdade, de repente — e acertou o tampo na parte da frente da mesa com um baque surdo.

Era tudo novidade para mim. Eu sabia que os homens tinham relações com suas secretárias. Eu imaginava que havia subespécies de adultério acontecendo, de um lado e do outro da John Dalton Street, da Cross Street, da Corn Exchange, mas nunca havíamos trabalhado com direito matrimonial, ou, se o fazíamos, os funcionários mantinham os arquivos longe de mim, e portanto minhas noções mais recentes da duplicidade masculina vinham dos romances de Thomas Hardy. Os anos 1960 já haviam passado, a era do amor livre, mas ainda não alvorecera em Wilmslow, de onde nós saíamos para o trabalho em dias de semana no trem apinhado das 7h45. Eu deduzi por que Nicolette se mudara para o outro lado da praça. Era mais discreto para um diretor de firma manter um caso extraconjugal fora do próprio prédio. Os Kaplans deviam estar por dentro. Retribuindo um favor, como no dia em que me mandaram um grampeador extra quando o nosso se despedaçou na minha mão.

Nossas vidas até então tinham sido imaculadas. Morávamos numa casa totalmente livre de poeira, com uma mãe ocupada em varrê-la em tempo integral. Minha irmã tinha ido para a faculdade de formação de professores. Eu era de uma natureza obsessivamente organizada. Quanto a meu pai, ele não era homem de dar trabalho. Às vezes, durante aquele verão, ele me mandava para casa sozinha, dizendo que tinha de pôr a papelada em dia — como se houvesse algum outro tipo de trabalho, como serrar troncos, que coubesse a um diretor de firma. Ele me mandava com o recado de que se viraria com um sanduíche quando chegasse. O gratinado que minha mãe mantinha quente para ele terminava como um grude murcho na assadeira. Solitária na escuridão, ela ia ao jardim e atava caules caídos a varetas, os pés afundados na terra que ela havia regado mais cedo. Se o telefone tocasse: "Estou chegando", ela cantarolava, vinda do crepúsculo: "Veja se é seu pai." Eu a ouvia batendo os torrões de terra dos pés junto à porta dos fundos.

Na escala de serviço, ele trabalhava como advogado da defensoria pública, e havia noites em que tinha de ficar até bem tarde numa delegacia de polícia. Minha mãe, que era de natureza pálida, às vezes parecia mais pálida, quando os ponteiros do relógio se aproximavam das 11.

— Ele não deveria ter que fazer isso — reclamava ela. — Ele é muito experiente. Que Peter Metcalfe faça isso. Que o Whatsi Willis faça isso, ele não deve ter nem 30 anos.

Quando ele chegou, minha mãe farejou álcool em seu hálito.

— Certamente não estava arriscando perder sua licença? — Ela parecia irritada.

— É a atmosfera lá na Minshull Street — justificou ele. — É altamente intoxicante.

— Sabe aquela moça, a Nicolette? — comentei. — Ela é estrangeira?

— Bland — disse ele para minha mãe. — Nicolette Bland. Ela fazia, como era? Datilografava. Agora não comece, Victoria.

— Ah, sim — comentou minha mãe. — O jovem Kaplan ofereceu um esquema de previdência a ela.

— Essa mesma. Por que isso de repente? Por que ela seria estrangeira?

— Sua bela cor de caramelo. Seus bracinhos e pernas roliças, você sabe quais, parecem ter sido esculpidos. Como se ela tivesse sido feita em Hong Kong.

— Eu não tinha a menor ideia de que estava criando uma ultradireitista — retrucou ele, bufando.

— Ora, por favor — continuei —, eu quero saber se era bronzeador artificial, neste caso, onde eu poderia encontrar. Quero ficar mais atraente para o sexo oposto e tenho que começar por algum lugar.

— Você parece um presidiário com esse corte de cabelo.

— Eu não faria assim — comentou minha mãe. — Digo, o bronzeador, esse corte de cabelo nem preciso dizer. Dê uma olhada nas palmas das mãos dela na próxima vez. Se é falso, as linhas das mãos terão cor de chocolate. As fanáticas da beleza têm esse dilema. É o que Valerie diz.

Valerie era sua cabeleireira. Fazia um formidável permanente e era uma mandachuva no bairro, a César Bórgia dos rabos de cavalo. Minha mãe vinha tentando nos apresentar. Eu não gostava do rumo que a conversa estava tomando. Como se fosse eu quem tivesse de ser interrogada.

— Vou para a cama.

— Espero que você não tenha um daqueles sonhos, amor.

— E o meu beijo? — lembrou meu pai, oferecendo, sob a luz fluorescente da cozinha, a bochecha por barbear.

* * *

Depois do Natal, continuei no escritório enquanto planos eram feitos para o meu futuro. Algo tinha ido mal na universidade, mas sem nenhum sangue derramado. Não entremos em detalhes.

No início do novo ano, estávamos no tribunal com um caso emocionante para nossos padrões. O proprietário de um bar em Ancoats era acusado de espancar um de seus clientes. A promotoria estava pronta para dizer que seu homem vinha bebendo tranquilamente no bar quando sentiu o chamado da natureza, em vista do qual o proprietário o desorientou intencionalmente para o quintal dos fundos, seguiu-o e o atacou aos chutes, sem motivo, entre os barris, finalmente abrindo um portão e precipitando o homem num beco sujo e sombrio. Lá não havia mais ninguém além de um guarda uniformizado, pronto e às ordens, que, ao testemunhar o corte na cabeça, apressou-se em tomar o depoimento em seu bloco, no qual, sob a luz de um poste que acabava de surgir no beco, ele compôs um relato imediato e circunstancial.

O proprietário trouxera metade de seus frequentadores como testemunhas da tranquilidade de seu caráter. Nunca se viu um bando mais vagabundo. Uma boa parte do relatório policial daquela noite era peculiar demais, mas o proprietário, um jovem irlandês enérgico, não estava exatamente se ajudando quando começou uma balbúrdia no corredor do lado de fora do tribunal, gritando e dando vivas e oferecendo pagar uma bebida para todo mundo no local.

— Ganhando ou perdendo, senhor — gritou ele para Bernard Bell, que estava processando —, passe a qualquer hora e faça seu pedido.

Eu tive que me encolher para evitar um de seus tapas nas costas. Ergui os olhos, equilibrando-me para seguir papai para dentro do tribunal e, para minha surpresa, vi Nicolette aparecendo e depois parando na outra extremidade do corredor. Ela franzia a testa, olhando em volta, mas, quando me viu, abriu um sorriso de olhos mortiços. Tinha alguns papéis na mão, e os sacudiu, como se sugerisse que estava ali a trabalho para os Kaplans, mas, de alguma forma, eu sabia que tinha vindo para ver meu pai, acho que pela forma como seus olhos não paravam de procurar, procurar ao redor.

— Gin duplo para você, princesa — propôs o proprietário do bar, passando aos trancos por ela, seguro pelo braço por um policial. O rosto do policial dizia, agora você vê por que fomos contra a fiança?

Quando o proprietário, que no fim das contas era um tipo simpático, deu sua versão da noite, houve algumas vaias dos advogados à minha volta e gargalhadas da galeria pública. Potts, que estava sentado e era conhecido por ser desprovido de todo e qualquer senso de humor, ameaçou esvaziar o tribunal, portanto logo se fez silêncio. Mas eu não posso dar um relato do caso porque, assim que o policial subiu ao tablado, eu senti um chute no estômago, algo como um coice de cavalo, e tive que me dobrar no meio para agarrar a bolsa aos meus pés, passar pelo meu pai, acenar para Potts e me retirar reverentemente da corte na direção dos lavatórios. Meu pai, que então estava em sintonia com a biologia das mulheres jovens, me dirigiu um olhar compreensivo quando saí. Eu me virei à porta, olhei para o alto e vi que Nicolette estava empoleirada na galeria, espremida de ambos os lados pelos amigos do dono do bar, que se remexiam silenciosamente em seus assentos a cada investida na corte abaixo.

Quando voltei, o tribunal estava em pausa para o almoço. Nicolette estava no corredor conversando seriamente com meu pai, o rosto erguido para ele. O lugar parecia deserto. Meu pai estava lúgubre, olhos fixos no rosto dela. Mas ele devia estar com fome, pensei. Ele ergueu os olhos, examinando o corredor como se em busca de um resgate ou um garçom. Seus olhos passaram por mim, mas ele não parecia me ver. Ele parecia esgotado, cinzento, como se estivesse abandonado na sarjeta e um dos vagabundos de Ancoats lhe tivesse sugado o sangue.

Em seguida, o corredor começou a se encher com o burburinho das várias pessoas voltando às pressas do almoço. Um miasma de cigarros apagados, de cerveja *pale ale* e queijo e cebola e uísque ondeava à frente delas, um cheiro de casaco úmido e jornal molhado veio junto, quando páginas ensopadas da primeira edição do *Evening News* foram desdobradas e agitadas no ar. Nicolette caminhou até mim, sorrindo, seus saltos se cravando no chão. Ela parecia ansiosa por iniciar uma amizade. Ela abriu o fecho da bolsa.

— Seu pai achou que você talvez precise de algumas destas. — Ela puxou um frasco de aspirinas.

— Eu geralmente tomo três.

— Fique à vontade.

Ela abriu a tampa com um ar de generosidade. Mas havia uma camada de algodão no gargalo do frasco e, quando tentei pescá-lo para fora, ele fugiu do meu indicador e ficou fora do alcance.

— Dê aqui — disse Nicolette. Ela sondou o frasco com sua garra perolada. — Essa coisinha chata — comentou.

Meu pai se juntou a nós. Exibindo seus dedos grossos, ele mostrou que era inútil naquele caso. Nicolette corou, seu rosto descaiu. Em cada pálpebra corria uma pincelada lustrosa, azul-ciano, desenhada com um lápis fino. Eu me posicionei a seu lado para tentar ver por dentro da linha da blusa e descobrir onde terminava sua cor de caramelo, mas tudo que pude ver foram feias manchas de irritação, uma vermelhidão se espalhando para onde os botões de sua blusa de seda bloqueavam minha vista.

As forças da Coroa chegaram.

— O que há, Frank? — indagou Bernard Bell.

Meu pai respondeu:

— Minha filha, chegou sua... chegou sua dor de cabeça.

— É o sol forte. — Era fevereiro. Ninguém sorriu. — Oh, esperem um segundo — disse Bernard. — Pinça resolve isso.

Eu quase olhei para trás para ver o Pinça, um funcionário raquítico com luvas sem dedos. Então vi que Bernard estava remexendo seus bolsos. Ele tirou alguns elásticos, algumas moedas e outras bugigangas. Ele revirou os objetos, mergulhou as duas mãos novamente e cavou ali por um bom tempo; era um tributo, pensei, aos encantos de Nicolette. Meu pai zombou:

— Bernie, você traz pinças para o tribunal? Corta-unhas ainda vai...

— Pode zombar — comentou Bernie —, mas eu já vi feridas feias causadas por cacos de vidro voando por aí, ao passo que, nas mãos de um homem treinado pelo ambulatório St. John, a disponibilidade de um par esterilizado de...

Mas nisto Nicolette emitiu um gritinho de triunfo. Ela ergueu a tampa de algodão entre as pontas dos dedos. Três aspirinas rolaram para a palma da minha mão. Se tivessem rolado para a mão dela, eu poderia ter resolvido uma questão.

No início da tarde, o caso foi arquivado. O irlandês entrou aos trancos no corredor para cumprimentar seus simpatizantes, socando o ar e gritando: "Drinques para todo mundo."

Fiquei surpresa ao ver que Nicolette ainda estava lá. Ela estava parada sozinha, a bolsa pendurada no cotovelo. Tinha perdido seus papéis, quaisquer que fossem eles. Parecia estar na fila para alguma coisa.

Caso conduzido de forma muito honrada, senhor, e cavalheiresca — exclamou o dono do bar na direção do juiz. Quando passou por Nicolette, punhos agitados, pés sapateando, eu vi que ela recuou um passo na direção da parede com uma vivacidade quase militar e colocou o antebraço sobre sua pequena barriga.

Naquela noite, meu pai puxou minha mãe de lado. Ela ficava andando para longe dele, pequenos vagares sem rumo, de modo que ele tinha que segui-la pelo corredor e para dentro da cozinha, dizendo: Me escute, Lillian. Eu fui até o banheiro e fiz uma busca no armário, que eu normalmente evitava, pois a mera ideia me deixava enjoada. Revirei o que havia lá: uma pequena garrafa de azeite de oliva, algumas pomadas vazando, um rolo de gaze e uma tesoura de ponta redonda com uma mancha de ferrugem na junção das lâminas: esparadrapos embalados em papel celofane. Havia mais provisões para acidentes do que eu imaginava. Eu puxei um pouco de algodão de um pacote, enrolei em bolas e coloquei nos ouvidos. Fui ao andar de baixo. Via meus pés silenciosos caminhando na minha frente, como batedores. Não olhei pela porta da cozinha, embora ela tivesse uma janela de vidro. Mas após algum tempo, senti uma vibração sob meus pés, como se toda a casa tremesse.

Fui para a cozinha. Meu pai não estava lá e, rápida de raciocínio, concluí que ele provavelmente havia saído pela porta dos fundos. A sala estava tomada por um barulho de pancadas abafadas. Minha mãe estava batendo na beirada da mesa da cozinha com a assadeira em que ela normalmente murchava o jantar dele. Era feita de vidro temperado e levou muito tempo para quebrar. Quando finalmente quebrou, ela deixou os destroços no chão e passou por mim a caminho do andar de cima. Eu apontei para os meus ouvidos, como se avisasse que qualquer comentário sobre a situação seria um desperdício comigo. Mas, deixada sozinha, comecei a catar todos os cacos de louça, e segui catando e colocando em cima da mesa. Não tendo a útil pinça à mão, eu tirei os fragmentos do carpete com as unhas. Este trabalho detalhado de recolhimento ocupou uma quantidade bem razoável de tempo. Enquanto a noite abafada continuava seu caminho sem mim, eu arrumei os estilhaços de modo que o desenho de cebolas e cenouras com que o prato era decorado ficasse inteiro novamente. Deixei ali para ela encontrar, mas quando desci na manhã seguinte, ele havia desaparecido como se nunca tivesse existido.

* * *

Fui visitá-los depois que os gêmeos nasceram. Nicolette estava muito pálida. Ela tentou relembrar os velhos tempos — o tampo fixado à frente da mesa, aquela coisa toda —, mas eu a rechacei firmemente. Meu pai ainda parecia cinzento, como estava desde o tempo em que o dono de bar irlandês passara pelo tribunal, e os bebês eram amarelos, mas meu pai parecia contente com eles, sorrindo como um jovem inexperiente, eu achava. Eu olhei para os dedinhos e as palmas das mãos dos bebês e fiquei maravilhada com eles, como geralmente se faz, e ele parecia bem com isso.

— Como vai sua mãe? — perguntou ele.

Algo estava cozinhando, uma comida marrom, no fogão. Minha mãe ficou com a casa. Ela disse que teria detestado abandonar o jardim. Ele teve que pagar pensão e ela gastava um pouco daquilo em aulas de ioga. De uma pessoa rígida, ela se tornou flexível. A cada dia, ela fazia uma saudação ao sol.

Eu não era uma jovem preconceituosa. Ainda percebo estas coisas, as cores que as pessoas assumem quando estão mentindo, as cores que adquirem. Nicolette, eu vi, parecia precisar de uma espanada. Ela cheirava a golfadas de bebê e cozido marrom, e seus cabelos encaracolados caíam por cima de suas orelhas em tufos enroscados. Ela me sussurrou:

— Às vezes ele fica plantão, sabe, na escala de serviço. Fica fora até tarde da noite. Ele fazia isso antes?

Meu pai, sempre um homem contido, agitava os joelhos sob seus bebês para fazê-los saltar. Ele cantava para os dois, de forma monótona:

— Uma moedinha, duas moedinhas, salgadinhos quentes.

O amor não é gratuito. Na verdade, meu pai foi reduzido à penúria, mas provavelmente já contava com isso. Imagino que Simon Kaplan o admirava, Bernard Bell, essa gente. Até onde eu podia ver, todo mundo conseguia o que queria, menos eu.

— Drinques para todos? — sugeri.

Nicolette, encontrando as mãos livres, enfiou a mão no aparador e puxou uma garrafa de xerez inglês. Eu vi como ela soprou a poeira da garrafa. Só eu tinha deixado de fazer meu pedido.

Como Saberei Que é Você?

Em certo verão nos últimos suspiros da década de 1990, eu tinha de sair de Londres para uma palestra numa sociedade literária, do tipo que já devia ser antiquada no fim do século passado. Quando chegou o dia, eu me perguntei por que havia concordado com aquilo; contudo, sim é mais fácil que não e, claro, quando você faz uma promessa, acredita que aquele momento nunca vai chegar: que vai haver um holocausto nuclear ou algum outro tipo de distração. Além disso, eu tinha saudade da época do autodidatismo; aqueles clubes de leitura, eles eram fundados por tecelões e suas esposas vendedoras; por engenheiros poetas e médicos uxórios com longas noites de inverno a atravessar. Quem ainda mantém algo assim hoje?

Eu levava uma vida itinerante naquela época, me esforçando para escrever a biografia de um personagem com quem terminei por antipatizar. Durante dois ou três anos, fiquei presa no ingrato círculo de revirar minhas próprias migalhas, de compilar aquilo que eu já havia compilado, de salvar tudo isso em discos de computador que se formatavam periodicamente no meio da noite. E eu estava sempre numa correria com meus fichários e meus recortes e meus cadernos baratos com suas páginas porosas e manchadas. Era fácil perder esses itens; eu os esquecia em táxis ou nos compartimentos superiores dos trens, ou jogava fora com montes de jornais não lidos do fim de semana. Às vezes parecia que eu seria obrigada a refazer meus próprios passos para sempre, entre Euston Road e o arquivo nacional de periódicos, que naquela época ainda ficava em Colindale; entre os subúrbios encharcados de chuva de Dublin onde meu personagem viu a luz pela primeira vez e a cidade industrial do norte onde — dez anos depois que ele deixou de ser de alguma utilidade — cortou a própria garganta num banheiro de hotel às margens da ferrovia. "Acidente", disse o legista, mas havia uma forte suspeita de encobrimento; para um homem com uma barba farta, provavelmente ele se barbeara com energia demais.

* * *

Eu estava perdida e à deriva naquele ano, não nego. E, uma vez que minha mala estava sempre pronta, não havia nenhuma razão para recusar a sociedade literária. Segundo explicaram, eles me pediriam para oferecer aos integrantes um resumo rápido de minhas pesquisas, fazer uma breve menção aos meus três primeiros romances e depois responder às perguntas da plateia: após o que, segundo eles, haveria um Voto de Agradecimento. (Achei as maiúsculas perturbadoras.) Ofereceriam um pagamento modesto — eles mesmos disseram — e me hospedariam na pousada Rosemount, que era situada em área tranquila e da qual, concluíam sedutoramente, eu encontraria uma fotografia anexada.

Esta fotografia veio na primeira carta do secretário, espaço duplo em papel azul pequeno, produzida em uma máquina de escrever com um "h" soluçante. Levei Rosemount para a luz e a examinei. Havia um telhado em estilo Tudor, uma janela saliente, uma hera-americana — mas a impressão geral era de um borrão, um pigmento escorrido e uma oleosidade nas beiradas, como se Rosemount fosse uma daquelas casas assombradas que às vezes aparecem numa curva da estrada, para logo desaparecer quando o viajante segue manquitolando pelo caminho.

Então não fiquei surpresa quando chegou outra carta azul, com o "h" soluçando da mesma maneira, para dizer que Rosemount estava fechada para reformas e a sociedade seria obrigada a usar a Eccles House, conveniente para o local do evento e, segundo sabiam, muito respeitável. Novamente, eles mandaram uma fotografia: Eccles era parte de um longo pátio branco, um prédio de quatro andares com duas janelas de sótão. Fiquei comovida por eles se darem ao trabalho de ilustrar o alojamento daquela forma. Contanto que fosse limpo e quente, eu nunca me importava com o lugar onde ficaria. Muitas vezes, claro, fiquei em lugares que não eram nem uma coisa nem outra. No inverno anterior, houvera uma hospedaria num subúrbio de Leicester com um cheiro tão repulsivo que, quando acordei pela manhã, só consegui ficar no quarto durante o tempo que levei para me vestir e, muito antes que qualquer outro hóspede acordasse, eu já estava enfiando as botas nas calçadas molhadas, para vagar quilômetros e quilômetros por fileiras de casas geminadas de chapisco escurecido, onde as latas de lixo tinham rodas, mas os carros ficavam apoiados sobre tijolos; onde eu virava no fim de cada rua, atravessava e voltava pelo mesmo caminho, enquanto, por trás de cortinas finas, gente do centro-leste se virava e revirava em seu sono, centenas e centenas e depois mais algumas centenas.

Em Madri, pelo contrário, meus editores me colocaram numa suíte de hotel que consistia de quatro pequenos cômodos de forração escura. Eles me enviaram um buquê perfumado, opulento, inflexível, uma grande redoma de flores de caules lenhosos. O *concierge* me trouxe vasos pesados de um vidro cinza que escorregava das minhas mãos e, carregados de flores, eu os apoiei em cada superfície polida; eu perambulava de um cômodo a outro, sepultada entre os forros marrons, desesperada, estranha, sob uma nuvem de pólen, como uma pessoa tentando sair de seu próprio funeral. E, em Berlim, o recepcionista me entregou uma chave com os dizeres "Esperamos que disponha de nervos fortes."

* * *

Na semana anterior ao evento, minha saúde não estava boa. Havia um lampejo etéreo constante no meu campo de visão, logo à esquerda da minha cabeça, como se um anjo tentasse aparecer. Meu apetite fraquejava e meus sonhos me levavam a estranhas costas e pontes de comando de navios, a correntes nauseantes e estranhas viradas da maré. Como biógrafa, eu estava mais ineficiente que o normal; ao desembaraçar a genealogia maldita do meu personagem, confundi a tia Virginie com aquela que se casou com o mexicano e passei uma hora inteira com um nó no estômago, desconfiando que todas as minhas datas estavam erradas e acreditando que todo o meu Capítulo Dois teria de ser refeito. Um dia antes de minha viagem para o leste, eu simplesmente desisti de todo o trabalho e me deitei na cama com os olhos resolutamente cerrados. Eu sentia não exatamente uma melancolia, mas uma espécie de insuficiência generalizada. Eu parecia ter saudades daqueles três primeiros romances curtos e seus personagens raquíticos. Sentia vontade de ser ficcionalizada.

Minha viagem ocorreu sem incidentes. Sr. Simister, o secretário, me encontrou na estação.

— Como saberei que é você? — perguntara ele ao telefone. — Você se parece com a foto nas contracapas dos seus livros? Tenho a impressão de que os autores raramente se parecem com elas. — Ele riu depois de dizer isso, como se fosse uma piada ferina da mais alta categoria. Eu ponderei; uma breve pausa na linha o levou a perguntar: — Ainda está aí?

— Eu continuo a mesma — respondi. — Não estou muito diferente, só mais velha agora, claro, o rosto mais magro, meu cabelo está bem mais curto e de uma cor diferente, e eu raramente sorrio daquela forma.

— Entendo.

— Sr. Simister, como saberei que é você?

* * *

Eu o reconheci pela cara amarrada e pela cópia do meu primeiro romance, A *Spoiler at Noonday*, que ele segurava junto ao coração. Ele estava com um sobretudo todo fechado; era junho e o clima se tornara invernal. Eu esperava que ele soluçasse, como sua máquina de escrever.

— Acho que vamos levar uma enxurrada boa — comentou quando me levou até seu carro.

Levei um tempo para decifrar esta estranheza sintática. Enquanto isso, ele mexeu e ajeitou os bancos do carro, jogou um jornal da noite sujo sobre o cobertor do cachorro no banco de trás e bateu a mão vagamente no banco do carona como se fosse remover fiapos e pelos de cão num passe de mágica.

— Os integrantes da sociedade não saem na chuva? — perguntei, finalmente entendendo o que ele quisera dizer.

— Nunca se sabe, nunca se sabe — respondeu ele, batendo a porta e me fechando dentro. Minha cabeça se virou automaticamente para o lado por onde eu havia entrado. Como minha cabeça tende a fazer.

Dirigimos por um quilômetro ou mais, rumo ao centro da cidade. Eram cinco e meia, hora do rush. Minha impressão foi a de uma estrada arterial, ladeada por mudas de plantas doentes e carretas e carros-pipa retumbando na direção do cais. Havia uma enorme rotatória verde, da qual o Sr. Simister pegou a quinta saída, e ele me tranquilizou:

— Não muito longe agora.

— Ai, que bom — respondi. Eu tinha que dizer algo.

— Não gosta de viajar? — perguntou o Sr. Simister ansiosamente.

— Andei doente — expliquei. — Esta última semana.

— Lamento.

Ele parecia lamentar realmente; talvez achasse que eu podia vomitar em seu cobertor de cachorro.

Virei a cara deliberadamente e observei a cidade. Naquela extensão larga, reta, movimentada, não havia lojas de verdade, só as janelas gradeadas dos pequenos comércios. Nos andares superiores, em janelas encardidas, viam-se cartazes fluorescentes colados que diziam TÁXI TÁXI TÁXI. Pareceu-me uma área de livre iniciativa: credores independentes, casas de massagem, academias de ginástica e lugares para lavar dinheiro, traficantes em cômodos sujos a torto e a direito, atravessadores com voos para Miami ou Bangcoc e pátios gradeados onde pitbulls rosnavam e os carros ganhavam uma repintada rápida antes de encontrar um novo dono feliz.

— Aqui estamos. — O Sr. Simister estacionou. — Quer que eu entre com você?

— Não há necessidade — respondi. Olhei ao redor. Eu estava a quilômetros de qualquer lugar, o tráfego em disparada. Agora chovia, exatamente como o Sr. Simister dissera. — Seis e meia? — perguntei.

— Seis e meia — respondeu ele. — Um bom tempo para um banho e se arrumar. Ah, a propósito, mudamos de nome agora, Grupo Literário. O que você acha? Baixas nas nossas fileiras, sabe? Integrantes mortos.

— Mortos? Mesmo?

— Ah, sim. Estamos apelando para o público mais jovem. Tem certeza de que não quer ajuda com essa mala?

* * *

Eccles House não era exatamente como a fotografia havia sugerido. Afastada da estrada, parecia sair de um estacionamento, um amontoado de veículos em fila dupla que se aglomerava até a beira da calçada. Um dia tinha sido uma residência com alguma dignidade, mas aquilo que eu havia tomado por estuque era na verdade alguma substância patente recém-colada à parede da frente: era de um tom branco acinzentado e rugosa, como um cérebro cortado ao meio, ou uma noz mastigada por um gigante.

Parei nos degraus e vi o Sr. Simister adentrar o tráfego. A chuva caía com mais força. No lado oposto da rua havia um galpão de tapetes com o letreiro "PONTA DE ESTOQUE PARA SALÃO" pintado num cartaz sobre a fachada. Com seu casaco impermeável, um rapaz de aparência deprimida colocava os cadeados no portão. Olhei de um lado a outro da estrada. Imaginei quais provisões eles me haviam preparado para comer. Normalmente, em noites como esta, eu daria alguma desculpa — um telefonema esperado, um estômago nervoso — e recusaria a oferta de "um bom prato de comida". Nunca quero prolongar o tempo que passo com meus anfitriões. Eu não sou, na verdade, uma mulher nervosa, e a tarefa de falar para algo como cem pessoas não me causa nenhum incômodo, mas são os bate-papos posteriores que me desgastam, a jocosidade risonha, os "papos de livros" que me irritam como uma dobradiça que range.

Então eu saía de fininho; e se não conseguisse convencer o hotel a me deixar alguma coisa para jantar, eu saía e procurava um restaurante pequeno, escuro, meio vazio, no final de uma avenida, que fornecesse um prato de massa ou um filé de linguado, uma meia garrafa de vinho ruim, um café expresso de óleo diesel, um copo de Strega. Mas esta noite? Eu teria que me virar com qualquer que fosse o arranjo que tinham feito para mim. Porque eu não podia comer tapetes nem pedir um osso ao cachorro de um traficante.

* * *

Com meu cabelo achatado pela chuva, eu entrei, recebida pelo fedor de viajantes. Lembrei-me instantaneamente da minha visita a Leicester; mas este lugar, a Eccles House, tinha uma escala própria de sufocamento. Parei e inalei — porque é preciso respirar — a fumaça de dez mil cigarros, a gordura de dez mil cafés da manhã, a ferrugem metálica de mil lâminas de barbear e o aroma de bosta de cavalo das emissões noturnas. Cada odor, jamais expurgado por uma década inteira, estava entranhado na chita flácida das cortinas e no carpete escarlate que subia pelas escadas estreitas.

No mesmo instante senti um lampejo de meu anjo da guarda, no canto do olho. A fraqueza que ele trazia consigo, a enxaqueca nauseada, percorreu todo o meu corpo. Abri a palma da mão e me apoiei na parede forrada.

Não parecia haver nenhuma recepção, nenhum lugar para fazer o check-in. Provavelmente não havia necessidade: se podia viajar com seu nome verdadeiro, quem se hospedaria aqui? Pensando bem, eu não viajava com o meu. Às vezes eu ficava confusa, ainda mais com os desenlaces do divórcio e as contas bancárias comerciais e o nome que usei em meus primeiros romances, que por acaso era o nome de uma das minhas avós. Você precisa ter certeza, quando começa neste ramo, de que há um nome que pode manter: um nome ao qual você sente que tem direito, aconteça o que acontecer.

De algum lugar — atrás de uma porta, e de outra porta —, houve uma explosão de risadas masculinas. A porta se fechou; o riso terminou num chiado, que permaneceu como outro odor no ar. Então uma inesperada mão pegou minha mala. Olhei para baixo e vi uma menina — uma moça, digo, no final da adolescência: uma pessoa, diminuta e curvada, batendo minha mala em sua coxa.

Ela olhou para cima e sorriu. Tinha um rosto de doçura selvagem, a cor amarelada; seus olhos eram alongados e escuros, a boca era um arco tenso, as narinas arrebitadas como se estivesse farejando o vento. Seu pescoço parecia sujeito a uma torção; os músculos do lado direito estavam contraídos, como se uma grande mão punitiva a tivesse agarrado e esmagado num aperto. Seu corpo era pequeno e torcido, um quadril projetado, uma perna coxa, um pé pendurado. Vi isso quando ela se afastou de mim, arrastando minha mala em direção à escada.

— Deixe que eu faço isso.

Sabe, estou carregando não apenas as notas de qualquer que seja o capítulo em que estou trabalhando, mas também meu diário, e os diários anteriores, escritos em cadernos espirais A4, que não quero que meu atual parceiro leia enquanto estou viajando: penso cuidadosamente no que aconteceria se eu morresse numa viagem, deixando para trás uma mesa carregada de prosa irregular e notas de pesquisa sem pontuação. Minha mala é portanto pequena, mas um chumbo, e eu corri para alcançar a menina, querendo arrancar a bagagem de sua pobre mão, apenas para perceber que as escadas vermelhas fedorentas se lançavam abruptamente para cima, com degraus suficientemente altos para fazer tropeçar os incautos, e faziam uma curva aguda que nos levava ao primeiro andar.

— Até o alto — disse ela, virando-se para sorrir por cima do ombro. Seu rosto se torceu a um ângulo hediondo, quase onde estava a parte de trás da cabeça. Em um passo rápido, ao estilo de um caranguejo, apoiando-se na lateral da botina ortopédica, ela avançava em direção ao segundo andar.

Ela me deixou para trás. Já no segundo andar eu não estava mais na corrida. Quando comecei a subir para o terceiro — as escadarias agora pareciam escadas de pintor de paredes e o cheiro era mais denso e se acumulava em meus pulmões —, senti novamente o lampejo do anjo. Estava ofegante e isso me fez parar.

— Só mais um pouco — exclamou ela em minha direção. Eu cambaleei atrás dela.

Num andar escuro, ela abriu uma porta. O quarto era uma coisa de nada: nem mesmo um sótão, mas uma espécie de corredor bloqueado. Havia uma janela de guilhotina que se sacudia e um débil divã com uma capa marrom; uma pequena cadeira marrom com uma almofada abotoada na parte de trás, que — vi imediatamente — tinha uma camada cinza de poeira, como fiapos acumulados atrás de cada um dos botões. O pensamento e a escalada me deram náusea. Ela se virou para mim, a cabeça balançando, a expressão dúbia. No canto havia uma bandeja de plástico com uma pequena chaleira elétrica de plástico amarelado; decorada com cotovias amareladas. Havia um copo.

— Tudo isso é gratuito — afirmou ela. — É cortesia. Está incluído.

Eu sorri. Ao mesmo tempo, inclinei a cabeça, modestamente, como se alguém me pendurasse uma medalha no pescoço.

— Está no pacote. Você pode fazer chá. Veja. — Ela levantou um saquinho de pó. — Ou café.

Minha mala ainda estava em sua mão; e, olhando para baixo, vi que suas mãos eram grandes, nodosas e, como as de um homem, cobertas com pequenos cortes que ela ignorava.

— Ela não gostou — sussurrou a menina. Sua cabeça caiu à frente sobre o peito.

Não era resignação; era um sinal de decisão. Ela saiu do quarto, correu na direção da escada; disparou escada abaixo antes que eu tivesse tempo de respirar.

Minha voz se perdeu atrás dela.

— Ei, por favor... realmente, não há...

Ela continuou na corrida e fez a curva da escada. Eu corri atrás, estiquei a mão, mas ela deu uma guinada para se desviar de mim. Eu ofegava profundamente. Não queria descer, claro, se tivesse de subir de novo depois. Naqueles dias, eu não sabia que havia algo errado com meu coração. Só fui descobrir este ano.

* * *

Voltamos ao térreo. A menina tirou um grande molho de chaves do bolso. Mais uma vez passou por nós aquela risada biliosa, vinda de uma fonte invisível. A porta que ela abriu estava muito perto daquele riso, perto demais para minha tranquilidade. O quarto em si era idêntico, exceto por haver um cheiro de comida nele, falsamente adocicado, como se houvesse um cadáver no armário. Ela colocou minha mala no vão da porta.

Eu sentia que havia percorrido um longo caminho naquele dia, desde que me levantara da minha cama de casal, cujo outro lado era ocupado por um insone que ainda me parecia, às vezes, um estranho. Eu havia cruzado Londres, rumo leste, havia subido e descido as escadas. Sentia-me próxima demais, agora, das risadas guturais e inebriadas de homens desconhecidos.

— Eu preferiria... — comecei.

Queria pedir a ela que tentasse instalar-me num piso intermediário. Mas talvez nem todos os quartos estivessem vazios? Era dos outros ocupantes que eu não gostava, a ideia deles, e percebi que, ali no térreo, eu estava perto do bar, da porta externa que batia e deixava entrar a chuva e o anoitecer, do tráfego feroz... Ela pegou minha mala.

— Não... — intervi. — Por favor. Por favor, não faça isso. Deixe que...

Mas ela já havia disparado de novo, balançando rapidamente em direção à escada, arrastando a perna atrás de si como um velho refugo. Eu a ouvi recuperando o fôlego no andar de cima. Ela disse, como se apenas para si mesma: "Ela achou pior."

Eu a alcancei dentro do primeiro quarto apresentado. Ela se encostou à porta. Não mostrava nenhum sinal de desconforto, exceto por uma pálpebra tremendo em espasmos; o canto do lábio se erguia no mesmo ritmo, afastando-se dos dentes.

— Eu vou ficar bem aqui — concluí. Minhas costelas arfavam pelo esforço. — Não vamos ver outros quartos.

Senti uma repentina onda de náusea. O anjo da enxaqueca se apoiou pesadamente no meu ombro e arrotou na minha cara. Eu queria me sentar na cama. Mas a etiqueta exigia algo. A menina tinha colocado minha mala no chão e, sem o peso, ela parecia ainda mais desequilibrada, suas grandes mãos penduradas, seu pé raspando no chão. O que devo fazer? Perguntar se ela não gostaria de ficar para uma xícara de chá? Eu queria oferecer dinheiro, mas não conseguia imaginar o que seria suficiente para recompensar o trabalho dela e, além disso, pensei que talvez eu viesse a contrair mais dívidas com ela até deixar o lugar, e talvez fosse melhor fazer uma comanda.

* * *

Eu me sentia triste, parada na porta, esperando pelo Sr. Simister. Meu nariz escorria um pouco. Quando o Sr. Simister chegou, eu disse:

— Tenho febre do feno.

— Na verdade estamos bem perto — respondeu ele; e, após uma longa pausa: — Do evento. — Podíamos caminhar, ele estava dizendo. Eu me retraí na direção da porta. — Talvez em virtude de seu mal-estar... — continuou. Eu recuei para dentro: como ele sabia dos meus mal-estares? — Entretanto, numa noite como esta... — comentou. — A umidade faz baixar o pólen. Eu imagino. Um pouco.

A palestra aconteceria no que só posso descrever como uma escola abandonada. Havia corredores e aqueles quadros formais nas paredes que diziam coisas como "JK Rowling, Cantab 1963". Havia um cheiro de escola, residual — de cera de polir e pés. Mas não havia sinais de alunos reais, atuais. Talvez todos tivessem fugido para as montanhas, deixando a escola para o Grupo Literário.

Apesar da chuva, os integrantes tinham vindo em quantidades heroicas: vinte, pelo menos. Estavam amplamente dispersos pelas longas fileiras, com lacunas táticas entre si: caso os mortos aparecessem depois. Alguns tinham estrabismo e outros, bengalas, muitos tinham barba, incluindo as mulheres, e os integrantes mais jovens — mesmo aqueles que pareciam sãos à primeira vista — tinham um olho vidrado e sem foco, e pacotes volumosos sob suas cadeiras, que eu imediatamente adivinhei serem manuscritos de livros de fantasia futurista, que eles gostariam que eu levasse e lesse e comentasse e mandasse de volta para eles: "Quando tiver tempo, claro."

Existe uma maneira de olhar e existe uma maneira profissional, impessoal, de olhar. Eu me acomodei atrás de uma mesa, tomei um gole d'água, folheei minhas notas, verifiquei a localização do meu lenço, levantei a cabeça, passei os olhos pela sala, tentei um tipo teórico de contato visual e dirigi um sorriso de um lado a outro do público: parecendo, tenho certeza, um daqueles cães que balançam a cabeça na traseira de Austin Maestros. O Sr. Simister se pôs de pé; dizer que ele se levantou não daria nenhuma noção do desempenho impressionante que realmente se deu.

— Nossa convidada não se sentiu muito bem na última semana, vocês lamentarão essa notícia tanto quanto eu, febre do feno, por isso fará sua palestra sentada.

Eu já me sentia uma idiota, mais idiota do que precisava me sentir. Ninguém ficava sentado porque tinha febre do feno. Mas pensei, nunca se explique. Eu tagarelei inteligentemente ao longo da minha apresentação, lançando uma piada aqui e ali e elaborando sobre uma ou outra alusão local totalmente espúria. Depois vieram as habituais perguntas. De onde vem o título do seu primeiro livro? O que aconteceu com Joy no final de *Teatime in Bedlam*? Em retrospecto, quais tinham sido minhas próprias influências formativas? (Respondi com minha habitual lista de russos obscuros, na verdade inexistentes.) Um homem na fila da frente disse:

— Posso perguntar o que levou à sua incursão no ramo da biografia, Srta. Er? Ou devo dizer senhora? — Eu sorri fracamente, como sempre faço, e sugeri: — Por que não me chama de Rose? — O que gerou certa agitação, uma vez que esse não é o meu nome.

No caminho de volta, o Sr. Simister disse que considerara a palestra um grande sucesso, nada modesto, e tinha certeza de que estavam todos muito gratos. Minhas mãos estavam úmidas de tanto cumprimentar autores de ficção científica, havia uma mancha de marcador permanente no punho da minha blusa e eu estava com fome.

— Aliás, imagino que você já tenha comido — disse o Sr. Simister. Eu afundei no meu banco. Não sei por que ele imaginava qualquer coisa do tipo, mas tomei uma decisão imediata em favor da fome, em vez de ir a algum estabelecimento com ele onde os membros do Grupo Literário poderiam estar escondidos sob uma toalha de mesa ou pendurados nos ganchos de chapéu, de cabeça para baixo como morcegos.

Eu parei no saguão da Eccles House e espanei as gotas d'água que me cobriam. Havia um odor imanente de óleo de cozinha velho. Jantar terminado, então: todas as batatas já fritas? Uma fumaça pairava no interior, à altura da cabeça. Das sombras no pé da escada, a pequena menina se materializou. Ela ergueu os olhos para mim.

— Normalmente não recebemos senhoras — disse ela. Sua língua, eu percebi, era grande demais para sua boca. Tinha um chiado na fala, como se o deus que a fez estivesse esfregando as mãos secas.

— O que você está fazendo? — perguntei. — Por que você... por que você ainda está de serviço?

Houve um barulho atrás de uma porta entreaberta, a batida e o tilintar de garrafas se chocando e depois o ruído de um caixote sendo arrastado pelo chão. Um segundo depois:

— Sr. Webley! — alguém gritou.

Outra voz perguntou:

— Que porra é essa agora? — Um homenzinho sujo de colete surgiu de um escritório, deixando a porta escancarada diante de uma torre quase desmoronada de caixas de arquivos. — Ah, a escritora!

Não fui eu quem o chamou. Mas eu era o suficiente para fazê-lo parar ali. Talvez ele achasse que poderia surrupiar a frequência regular de escritores do Rosemount. Ele me encarou; andou a minha volta por um tempo; só faltou esfregar os dedos na minha manga. Ele se pôs na ponta dos pés e enfiou a cara na minha.

— Confortável? — perguntou.

Dei um passo para trás. Atropelei a menina. Senti a pressão de meu calcanhar num pé. Ela arrancou seu pé vacilante de sob o meu, sem emitir um único som.

— Louise — disse o homem. Ele chupou os dentes, considerando-a. — Saia da porra do caminho — ordenou.

* * *

Eu então me mandei para o andar de cima, parando apenas no segundo andar. Toda a noite assumia uma qualidade exagerada, invasiva. Vou ter de enfrentar uma noite naquele quarto, pensei, sem nenhuma companhia, e ver que tipo de lençóis eles colocam embaixo daquela colcha de juta cor de cocô. Por um momento, não tinha certeza se subiria ou desceria. Eu não conseguiria dormir se não comesse, mas chovia lá fora, uma noite sem lua numa cidade estranha, a quilômetros do centro e eu sem mapa; eu podia mandar chamar um táxi e dizer ao motorista para me levar a algum lugar para comer, porque é isso que se faz nos livros, mas as pessoas nunca fazem isso na vida real, não é?

Fiquei debatendo este assunto comigo mesma e dizendo, vamos, vamos, o que Anita Brookner faria? Então vi algo se movendo, acima de mim; apenas uma leve agitação do ar, em contraste com a névoa vigente. Meu olho esquerdo estava agora funcionando muito mal e, para aquele lado da minha cabeça, havia buracos irregulares pelo mundo, então eu tive que virar todo o meu corpo para ter certeza do que estava vendo. Lá na escuridão estava a menina, parada acima de mim. Como? Meu fraco coração — ainda não diagnosticado — lançou uma batida afundada em minhas costelas; mas minha cabeça disse friamente, escada de emergência? Elevador de serviço?

Ela desceu, silenciosa, resoluta, o tapete gasto abafando o arrastar de seu sapato.

— Louise — chamei. Ela colocou a mão no meu braço. Seu rosto, virado para mim, parecia luminoso.

— Ele sempre diz aquilo — murmurou ela. — Saia da porcaria do caminho.

— Você é parente dele? — perguntei.

— Ah, não. — Ela limpou um pouco de saliva do queixo. Nada disso.

— Você não tira folga?

— Não, no final eu tenho que limpar os cinzeiros e me lavar no bar. Eles riem de mim, os homens. Dizendo, você não tem namorado, não, Louise? Me chamando de "Perninha".

* * *

No quarto, pendurei meu casaco na porta do guarda-roupa, pronto para sair; é uma maneira de me alegrar, que aprendi no hotel de Berlim. Minhas bochechas ardiam. Eu sentia o aguilhão dos insultos, o dia a dia de deboche; mas "Perninha" parecia um apelido brando, quando se considerava... Ocorreu-me o pensamento terrível de que ela era algum tipo de teste. Eu era como uma repórter que encontra um órfão numa zona de guerra, um bebê pustuloso gritando nas ruínas. Você deve apenas relatar o caso? Ou pegar a criatura e surrupiá-la para casa, para aprender inglês e crescer nos condados do interior?

* * *

Previsivelmente, a noite estava crivada de alarmes de carro, trechos de músicas tocando em outros quartos e o rosnado distante de animais acorrentados. Eu sonhava com Rosemount, suas paredes se desvanecendo à minha volta, suas janelas se derretendo no ar. Em certo momento, sonolenta, me revirando sob a colcha fúngica, achei que estava sentindo cheiro de gás. Eu caí no sono de novo e senti cheiro de gás nos meus sonhos; e lá estavam os integrantes do Grupo Literário rolando sob a minha cama, rindo enquanto cerravam as frestas em volta das janelas e portas com as páginas arrancadas de seus manuscritos. Ofegante, eu acordei. Uma pergunta pairava no ar fétido. Exatamente o que levou a sua incursão no ramo das biografias, Srta. Er? Pensando bem, o que motivou a sua incursão em incursões? O que motivou qualquer coisa nessa vida?

Por volta das seis e meia, desci ao térreo. O dia estava bonito. Eu me sentia oca por dentro e tinha um mau humor ferino. A porta estava aberta e um clarão de luz corria pelo tapete como margarina derretendo ao sol.

Meu táxi — pré-agendado, como sempre, para uma escapada rápida — estava parado junto ao meio-fio. Eu olhei ao redor, cautelosa, para evitar o Sr. Webley. Uma névoa já começava a cobrir Eccles House. A tosse dos fumantes sacudia os corredores, e o som de escarros, e as descargas nos banheiros.

Algo tocou meu cotovelo. Louise tinha chegado ao meu lado, sem ruído. Ela arrancou a mala da minha mão.

— Você desceu sozinha — sussurrou. Seu rosto estava intrigado. — Deveria me chamar. Eu teria vindo. Não vai tomar seu café da manhã?

Ela parecia chocada por alguém recusar comida. Será que Webley a alimentava, ou ela raspava os restos dos pratos? Ela ergueu os olhos para o meu rosto, depois baixou.

— Se eu não tivesse saído agorinha — continuou ela —, você teria ido embora. E nem diria tchau.

Ficamos paradas na calçada, juntas. A temperatura estava agradável. O motorista estava lendo seu *Star*. Ele não ergueu os olhos.

— Será que você vai voltar? — murmurou Louise.

— Eu acho que não.

— Digo, um dia desses?

Não tive a menor dúvida: de que se eu dissesse a ela para entrar no táxi, ela teria entrado. Lá iríamos nós: eu, abalada, temendo pelo futuro; ela, confiante e amarela, seus olhos loucos brilhando para os meus. Mas eu me perguntei, e depois? O que faríamos então? E eu tenho esse direito? Ela é adulta, por mais diminuta que seja. Ela tem uma família em algum lugar. Eu baixei os olhos para ela. Seu rosto, à plena luz do dia, tinha manchas amarelas como se tingido com chá frio; sua ampla testa lisa era coberta de manchas mais escuras, do tamanho e da cor de moedas de cobre antigas. Eu poderia ter chorado. Em vez disso, tirei minha carteira da bolsa, olhei dentro, puxei uma nota de vinte libras e a enfiei em sua mão.

— Louise, compre algo bonito para você, certo?

Não olhei para o rosto dela. Apenas entrei no táxi. A aura de minha enxaqueca agora estava tão forte que o mundo do lado esquerdo cessara de existir, a não ser por um clarão amarelo intermitente. Eu estava nauseada, pela inanição e por meu próprio vazio moral. Mas, no momento em que o táxi se arrastou até a entrada da estação, eu já me tornava um pouco satírica — na falta de outra coisa — e pensava, bem, certamente A.S. Byatt teria administrado melhor a situação: só que não consigo imaginar como.

    Quando cheguei à estação e paguei ao motorista, descobri que me restavam apenas uma libra e cinquenta centavos. O caixa eletrônico estava quebrado. Claro, eu tinha cartão de crédito; se houvesse um serviço de refeições, eu poderia pagar pelo meu café da manhã a bordo. Mas havia, segundo o anúncio, "um vagão-restaurante, situado na parte traseira do trem", e, cinco minutos depois que partimos um rapaz se sentou ao meu lado, à direita: um dos filhos da cidade, comendo de uma caixa de papelão um bloco acinzentado de carne que lustrava seus dedos de gordura.

* * *

Quando cheguei à casa, joguei minha mala num canto como se a odiasse e, parando na cozinha — louça de ontem sem lavar e dois copos de vinho, notei —, comi um único biscoito de queijo direto da lata. De volta ao trabalho, pensei. Sente-se e escreva. Ou você pode simplesmente morrer num colapso.

    Nas semanas seguintes, minha biografia deu algumas guinadas inesperadas. Tia Virginie e o mexicano entraram bastante no texto. Comecei a fazer versões em que a tia Virginie e o mexicano fugiam juntos e nas quais (por isso mesmo) meu biografado nunca havia nascido. Eu podia vê-los cruzando a Europa em alta velocidade numa farra adúltera, acompanhados pelo som de vidro quebrado: bebendo todo o champanhe dos balneários e quebrando a banca em Monte Carlo. Inventei que o mexicano voltou para casa com os lucros e liderou uma revolução exitosa, com tia Virginie figurando como uma espécie de La Pasionaria: mas com dança, como se Isadora Duncan tivesse entrado na história de alguma forma. Era tudo muito diferente da minha ficção anterior.

* * *

No início do outono do mesmo ano, três meses após minha viagem ao leste, eu estava na estação Waterloo a caminho de dar uma palestra numa biblioteca pública em Hampshire. Eu já não tinha opinião sobre a comida de nenhum lugar da Inglaterra. Quando me afastei do balcão dos sanduíches, equilibrando uma baguete que eu pretendia levar com cuidado até Alton, um jovem alto esbarrou em mim e fez voar a carteira da minha mão.

Era uma carteira grande, recheada de moedas, e elas saíram rodopiando e voando entre os pés dos colegas de viagem, girando e se espalhando pelo chão escorregadio. Eu estava com sorte, porque as pessoas que faziam a conexão do Eurostar começaram a rir e a recolher minha pequena fortuna, fazendo um jogo de perseguir e agarrar cada centavo: talvez eles achassem que era uma espécie de mendicância inversa, ou algum tipo de costume londrino, como os Pearly Kings. O próprio jovem se abaixou e se misturou aos pés europeus e, no fim das contas, foi ele quem esvaziou um punhado de moedas de volta na minha carteira com um grande sorriso branco e, só por um segundo, apertou minha mão para me tranquilizar. Pasma, fitei seu rosto: ele tinha grandes olhos azuis, um par tímido mas confiante; tinha um metro e oitenta e era levemente bronzeado, forte, mas suavemente polido, o paletó de linho índigo artisticamente amarrotado, a camisa de um branco deslumbrante; ele era tão limpo em tudo, tão doce, tão dourado que recuei, acreditando que ele só podia ser um americano prestes a me converter a algum culto.

Quando cheguei à biblioteca, uma quantidade ambiciosa de cadeiras — 15, em primeira contagem — estava organizada num semicírculo. A maioria estava ocupada: um silencioso triunfo, não? Fiz minha apresentação no piloto automático, exceto quando o assunto entrou em minhas influências e eu fiquei um pouco alterada e inventei um escritor português que, afirmei, botava Pessoa no chinelo. O jovem dourado seguia invadindo minha mente e eu refleti que gostaria bastante de ir para a cama com alguém daquela estirpe, para variar um pouco. Todo mundo tinha direito de mudar, não? Mas ele era de um tipo de ser diferente do meu: uma pessoa em outro plano. À medida que a noite avançava, comecei a me sentir fria e exposta, como se um vento assobiasse entre meus ossos.

* * *

Sentei-me por um tempo, numa cama suficientemente boa de um quarto suficientemente limpo, lendo *The Right Side of Midnight*, fazendo anotações nas margens e me perguntando por que cheguei a pensar que o público poderia gostar daquilo. Meu rosto ardia no travesseiro irregular e as habituais imagens de fracasso me invadiam; mas depois devo ter caído no sono por volta das três da manhã.

Acordei renovada, sem ter tido sonho algum: numa madrugada esverdeada, uma efervescência e um frio no ar. Fora da cama, me alegrei ao ver que alguém tinha limpado o chuveiro. Eu podia tolerar entrar nele, e foi o que fiz. A água fria e suave correu por meu couro cabeludo. Meus olhos se abriram amplamente. O que era isso? Um momento de virada?

Eu estava no trem lotado das oito, meus dedos já coçando pelo caderno. Mal tínhamos saído da estação quando um jovem funcionário sorridente passou com um carrinho carregado pelo corredor. Vendo seus biscoitos gigantescos, suas torradas douradas em papel celofane, os homens ao meu redor agitavam para ele suas cópias do *Financial Times* e erguiam os dedos em riste, falando animadamente.

— Chá? — perguntava o atendente. — O prazer é meu, senhor! Pequeno ou grande?

Notei que Grande era apenas o Pequeno com mais água, mas me deixei levar, tomada da bonomia geral. Peguei minha carteira e, quando abri, vi com surpresa que as cabeças da rainha estavam ordenadamente empilhadas, apontando para cima. E havia uma cabeça a mais do que eu esperava? Franzi o cenho. Meus dedos passaram pelas bordas das notas. Eu tinha saído de casa com oitenta libras. Pelo visto voltaria com exatas cem. Fiquei intrigada (enquanto o atendente me entregava meu Chá Grande); mas apenas por um momento. Lembrei-me do jovem com seu largo sorriso branco e seus cabelos cinzentos riscados de ouro; a perfeição bronzeada de sua pele firme e a graça de sua mão se fechando na minha. Coloquei as notas de volta, guardei minha carteira e me perguntei: qual dos meus defeitos ele notou primeiro?

O Coração Para Sem Aviso

Setembro: quando ela começou a perder peso, sua irmã disse não se importar; quanto menos dela, melhor. Foi só quando Morna deixou crescer os cabelos — retos abaixo do rosto, na curva oca de suas costas — que Lola começou a reclamar. Meu limite é o cabelo, disse ela. Isto é um quarto de meninas, não um canil.

O problema de Lola era este: Morna nasceu antes dela, já tinha consumido três anos de oxigênio e ocupado um espaço no mundo que Lola poderia ter ocupado. Ela acreditava que havia nascido entre os berros de sua irmã, seu incessante *eu-quero-eu-quero, me-dá-me-dá*.

Agora Morna estava emagrecendo, como se sua irmã tivesse inventado um feitiço para que ela desaparecesse. Lola dizia que se Morna não fosse sempre tão egoísta, não estaria assim agora. Ela queria tudo.

A mãe comentava:

— Você não sabe de nada, Lola. Morna não é egoísta. Ela só foi sempre enjoada para comer.

— Enjoada? — Lola fez uma careta. Quando Morna não gostava de algo, ela expressava seus sentimentos vomitando tudo numa poça ácida rala.

Graças à área atendida pelo transporte da escola, elas têm de viver numa casa pequena demais e dividir um quarto.

— Vai ser beliche ou diploma! — decretou a mãe, calando-se depois, confusa consigo mesma.

Muitas vezes, o que ela dizia tinha um significado totalmente oposto, mas as filhas estavam acostumadas; menopausa precoce, dizia Morna.

— Vocês sabem o que quero dizer — comentou a mãe. — Vivemos nesta casa pelo bem de nosso futuro. É um sacrifício agora para todos nós, mas a recompensa vai chegar. Não faz sentido nenhum acordar todas as manhãs num lindo quarto só seu e ir para uma porcaria de escola onde as meninas são estupradas nos banheiros.

— Isso acontece mesmo? — indagou Lola. — Eu não sabia que acontecia.

— Exagero dela — comentou o pai. Ele raramente dizia alguma coisa e Lola teve um sobressalto, com ele falando daquela maneira.

— Mas vocês sabem o que estou dizendo — continuou a mãe. — Eu vejo essas meninas voltando para casa às duas da tarde, eles não conseguem segurá-las na escola. Elas têm *piercings*. Há drogas. Há *bullying* pela internet.

— Nós temos tudo isso na nossa escola — comentou Lola.

— Está em toda parte — disse o pai. — Mais uma razão para ficar longe da internet. Lola, está ouvindo o que estou dizendo?

As irmãs já não tinham autorização para ter um computador no quarto por causa dos sites que Morna gostava de olhar. Eles tinham fotos de meninas com os braços esticados acima da cabeça numa postura de crucifixão. Suas costelas eram muito espaçadas, como as barras de uma grelha. Os sites davam conselhos a Morna de como passar fome, como não ser nojenta. Qualquer comida como pão, manteiga, um ovo, era nojenta. Podiam comer uma maçã-verde ou uma folha verde, uma vez ao dia. A maçã tinha que ser verde-veneno. A folha tinha que ser amarga.

— Para mim, é simples — declarou o pai. — Calorias entram, calorias saem. Tudo que ela tem a fazer é abrir a boca e botar a comida para dentro, depois engolir. Não me digam que ela não consegue. A questão é que ela não quer.

Lola pegou uma colher redonda do escorredor de louça. Ela a colocou perto da boca do pai como se fosse um microfone.

— Sim, e o senhor tem algo mais a acrescentar sobre isso?

— Você nunca vai conseguir um namorado se ficar parecendo uma agulha. — Quando Morna disse que não queria um namorado, ele exclamou: — Venha me dizer isso de novo quando você tiver 17.

Nunca vou ter, respondeu Morna. Dezessete.

* * *

Setembro: Lola pediu que trocassem o carpete de seu quarto.

— Quem sabe poderíamos ter um piso de madeira? Mais fácil de limpar a sujeira dela?

A mãe respondeu:

— Não seja boba. Ela vomita no banheiro. Não é? Geralmente? Embora não tanto — completou apressadamente — quanto costumava fazer.

Era no que eles precisavam acreditar: que Morna estava melhorando. Durante a noite, dava para ouvi-los dizendo isto um ao outro, sussurrando atrás da porta fechada do quarto; Lola ficava acordada, escutando.

Lola disse:

— Se eu não posso ter um carpete novo, se não posso ter um piso de madeira, o que posso ter? Posso ter um cachorro?

— Você é tão egoísta, Lola — gritou a mãe. — Como podemos ter um bicho de estimação num momento como este?

— Se eu morrer, quero um enterro na floresta — decretou Morna. — Vocês podem plantar uma árvore e quando ela crescer, podem visitá-la.

— Sim. Claro. Eu vou levar o meu cachorro — disse Lola.

* * *

Setembro. Lola disse:

— O único problema é que agora ela está tão magra que não posso mais roubar suas roupas. Esta era minha principal forma de irritá-la e agora vou ter que achar outra.

Durante todo o ano, Morna usou lã para proteger os ombros, cotovelos e quadris dos golpes da mobília, e também para parecer respeitavelmente gorda de forma que as pessoas não a apontassem na rua; também porque, mesmo em julho, ela sentia frio. Mas o inverno chegou mais cedo para ela e, embora o sol brilhasse lá fora, ela se metia em suas cobertas. Quando ela pisava na balança para avaliação, parecia usar roupas normais, mas na verdade ela se fornia de peso extra. Usava uma meia-calça por cima da outra; cada grama contava, ela explicava a Lola. Tinha que ser pesada todos os dias. Sua mãe a obrigava. A mãe tentava pegar Morna de surpresa, mas Morna sempre sabia quando a mãe estava com vontade de pesá-la.

Lola viu quando a mãe puxou o casaco da irmã, tentando tirá-lo antes que ela pisasse na balança. Elas brigaram como duas criancinhas num parque; Lola gargalhava. A mãe puxava a manga e Morna gritava: "Ai, ai!", como se fosse sua pele sendo estirada. Ela tinha a pele solta, Lola viu. Como o uniforme escolar do ano passado, a pele estava grande demais para ela. Não fazia diferença, porque a escola tinha deixado claro que não queria vê-la naquele ano. Não até que ela entrasse na linha, disseram eles, de volta a um peso normal. Porque a escola tem um caráter competitivo. E, se as meninas decidissem competir com Morna, isso poderia levar a mortes em massa.

Quando a pesagem acabava, Morna entrava no quarto e começa a descascar suas camadas, observada pela irmã enfiada em sua cama de baixo. Morna se colocava de lado diante do espelho com as costelas arqueadas. Dá para contá-las, dizia ela. Precisava se reafirmar após a pesagem. A mãe havia comprado o espelho longo para elas porque achava que Morna teria vergonha quando se visse. O contrário aconteceu.

* * *

Outubro: no jornal da manhã havia uma foto de um esqueleto.

— Ei, vejam — disse Lola —, um parente seu. — Ela empurrou o jornal pela mesa do café da manhã até onde Morna estava sentada, cutucando os cereais com a colher, incitando-os à desintegração. — Veja, mãe! Eles desenterraram uma mulher primitiva.

— Onde? — perguntou Morna.

Lola leu em voz alta, com a boca cheia.

— Ardi tem um metro e vinte de altura. Ela é chamada Ardipithecus. Ardi para diminuir. Diminuir! — Ela engasgou com a própria piada e o suco de laranja saiu por seu nariz. — Acabaram de descobri-la. "O cérebro tinha o tamanho de um cérebro de chimpanzé." Igual a você, Morna. "Ardi pesava cerca de cinquenta quilos." Imagino que isso era quando ela vestia todas as suas peles de animais e não quando só estava nos ossos.

— Cale-se, Lola — ordenou o pai. Mas ele então se levantou e caminhou para fora, o café da manhã abandonado, o celular na mão. Sua faca suja, atirada de lado no prato, balançou por todo o disco como a agulha de uma bússola e estrepitou até a inércia. Ele nunca passava de uma sombra em suas vidas. Trabalhava dia e noite, dizia, para tocar a pequena casa, preocupado com a hipoteca e o carro enquanto tudo que preocupava a *ela* era a droga da sua cintura.

Lola observou a saída dele e depois voltou à mulher primitiva.

— Seus dentes mostram que sua dieta era composta de figos. "Ela também comia folhas e pequenos mamíferos." Argh, você acredita nisso?

— Lola, coma sua torrada — disse a mãe.

— Eles a encontraram em pedaços. Primeiro apenas um dente. "Caçadores de fósseis vislumbraram esta espécie pela primeira vez em 1992." Isso foi um pouco antes de vislumbrarmos Morna pela primeira vez.

— Quem a encontrou? — perguntou Morna.

— Muitas pessoas. Eu disse, eles a encontraram em pedaços. "Quinze anos de trabalho envolvendo 47 pesquisadores."

Observando Morna, a mãe disse:

— Você já deu 15 anos de trabalho. Quase. E era só eu para fazê-lo.

— Ela conseguia andar ereta. — Lola seguia lendo. — Você também, Morna. Até seus ossos se esfarelarem. Você vai ficar parecendo uma velha. — Ela enfiou a torrada na boca. — Mas não vai parecer uma velha de quatro milhões de anos.

* * *

Novembro: em certa manhã, a mãe pegou Morna engolindo uma jarra de água antes da pesagem. Ela gritou:

— Isso pode inchar seu cérebro! Pode matar você! — Ela derrubou a jarra da mão da filha e o objeto se espatifou por todo o chão do banheiro.

Ela disse:

— Ai, sete anos de azar. Não, espere. É com espelhos.

Morna passou as costas da mão na boca. Dava para ver os ossos nela. É como uma aula de um curso de ciências, Lola comentou, pensativa. Logo não lhe restaria nenhum traço pessoal. Ela estaria reduzida à biologia.

Fazia muitos meses: um ano já, que toda a família vivia enredada em negação mútua. A mãe fazia um ovo mexido para Morna e botava uma colherada de creme de leite em cima. A clínica onde Morna estivera internada costumava fazê-la comer sanduíches de pão branco com manteiga e fatias de queijo amarelo como solas de sapato. Ela se sentava diante deles, uma hora após a outra, comprimindo o pão na mão para tentar espremer a gordura oleosa sobre o prato. Eles diziam, experimente um pouco, Morna. Ela respondia, prefiro morrer.

Se o peso caísse numa determinada percentagem, ela teria de voltar para a clínica. Na clínica, eles a vigiavam até que ela comesse. As refeições eram cronometradas e tinham de ser concluídas no tempo certo, ou havia penalidades. A equipe a vigiava para garantir que ela não esconderia nenhum alimento entre as camadas de roupas, e as próprias camadas eram monitoradas. Havia uma câmera em cada banheiro, ou era o que Morna dizia. Eles a viam se ela provocasse vômito. Depois, colocavam-na na cama. Ela passou tantos dias deitada na cama que, quando voltou para casa, suas pernas estavam definhadas e brancas.

A fundadora da clínica, uma médica escocesa com um ardente ideal, dava canteiros às meninas e requeria que elas cultivassem seus próprios vegetais. Uma vez, ela viu uma menina famélica comendo ervilhas, com vagem e tudo. A visão a comovera, a visão da menina abrindo os lábios rachados e levando à boca o sorriso verde, tenro: mordendo. Se ao menos elas vissem, dizia a médica, a boa comida saindo da terra fértil de Deus.

Mas às vezes as meninas estavam fracas demais para o cultivo e caíam de cara em seus canteiros. E eram levadas, espanando as migalhas de terra; as pás e enxadas abandonadas no chão, como armas deixadas num campo de batalha após a derrota de um exército.

* * *

Novembro: a mãe estava reclamando que a van do supermercado não tinha vindo com o pedido.

— Eles dizem: entrega num prazo de duas horas, para sua comodidade. — Ela abriu o congelador e revirou o conteúdo. — Preciso de salsa e hadoque amarelo para a torta de peixe.

Lola disse:

— Vai ficar parecendo que Morna já vomitou.

A mãe gritou:

— Sua vadia sem coração. — O vapor gelado rolava em torno dela. — É você quem traz a infelicidade para esta casa.

Lola retrucou:

— Ah, eu?

Na noite anterior, Lola viu Morna deslizar para fora do beliche, uma coluna vacilante no frio; o aquecimento central estava desligado, uma vez que nenhum ser humano de sangue quente estaria dando voltas àquela hora. Ela afastou a colcha, saiu e seguiu Morna pela escada escura. Ambas estavam descalças. Morna usava uma camisola de babados, como um fantasma de uma história de Edgar Allan Poe. Lola usava seus velhos pijamas do Mr. Men, tamanho 8-9 anos, ao qual ela era apegada além do razoável. Mr. Lazy, quase desaparecido, era uma mancha desbotada na blusa encolhida, que se erguia e se abria em torno de sua barriguinha redonda; as pernas do pijama lhe chegavam ao meio das panturrilhas e o elástico tinha desaparecido na cintura, e ela precisava se ajeitar a cada passo. Havia uma meia-lua e no térreo ela viu o rosto da irmã, desbotado, sombreado como a lua, esburacado como a lua, misterioso e longínquo. Morna estava a caminho do computador no térreo, para cancelar o pedido do supermercado.

No escritório, Morna se sentou na cadeira do pai. Ela raspou os calcanhares descalços no tapete para empurrar a cadeira para a mesa. O computador era para uso de trabalho do pai. Elas estavam avisadas disso e de que a mãe conseguira dez certificados GCSE sem precisar de nada além de uma caneta e papel; que elas podiam usar o computador sob estrita supervisão; que também podiam se conectar na biblioteca pública.

Morna abriu o pedido de alimentos na tela. Ela moveu os lábios para dizer à irmã, em silêncio: "Não conte para ela." A mãe logo descobriria. A comida chegaria de qualquer maneira. Sempre chegava. Morna não parecia capaz de compreender isso. Ela disse a Lola:

— Como você suporta estar tão gorda? Você só tem 11 anos.

Lola a observava enquanto Morna continuava sentada com o rosto resoluto, pacientemente buscando os sites proibidos, oscilando para a frente e para trás, balançando na cadeira de rodinhas Lola se virou para voltar para a cama, as mãos na cintura para evitar que as calças do pijama caíssem. Ela ouviu um som vindo da irmã, um som de alguma coisa, não sabia o quê. Ela deu meia-volta.

— Morna? O que foi?

Por um minuto, elas não sabiam o que estavam vendo na tela: humano ou animal? Viram que era um ser humano, mulher. Estava de quatro. Estava nua. Em torno de seu pescoço havia um colar de metal. Preso a uma corrente.

Lola parou, a boca entreaberta, segurando o pijama com as duas mãos. Um homem estava parado fora de vista, segurando a corrente. Sua sombra se via na parede. A mulher parecia um galgo. Seu corpo era de um branco absoluto. Seu rosto estava borrado e não exibia nenhuma expressão humana identificável. Não se poderia reconhecê-la. Podia até ser alguma conhecida.

— Aperte o play — instigou Lola. — Vai.

O dedo de Morna hesitava.

— Trabalhando! Ele está sempre aqui, trabalhando. — Ela olhou para a irmã. — Fique com o Mr. Lazy, você está mais segura com ele.

— Vai — repetiu Lola. — Vamos ver.

Mas Morna apagou a imagem. A tela ficou momentaneamente escura. Ela passou uma das mãos sobre as costelas, onde estava o coração. A outra pairava sobre o teclado; ela retornou ao pedido do mercado. Passou os olhos pela lista e acrescentou comida de cachorro da marca do supermercado.

— Vou levar a culpa — disse Lola. — Por meu cachorro imaginário.

Morna deu de ombros.

Mais tarde, elas se deitaram e conversaram no escuro, como costumavam fazer quando eram pequenas. Morna disse que ele alegaria que achou aquilo por acidente. Podia ser verdade, disse Lola, mas Morna ficou calada. Lola se perguntava se a mãe sabia. Ela disse, talvez a polícia acabe aparecendo. E se eles vierem para prendê-lo? Se ele tiver que ir para a prisão, não teremos nenhum dinheiro.

Morna respondeu:

— Não é crime. Cães. Mulheres peladas como cães. Só quando é criança, aí eu acho que é crime.

Lola indagou:

— Será que ela ganha dinheiro para fazer aquilo ou eles a obrigam?

— Ou ela ganha drogas. Puta idiota! — Morna tinha raiva da mulher ou menina que, por dinheiro ou por medo, rastejava como um animal, esperando para ter seu corpo usado. — Estou com frio — resmungou Morna e Lola ouviu seus dentes batendo. Ela era arrebatada desta maneira, tomada por um frio que varria todo seu corpo até os órgãos internos; seu coração retumbava, um coração de mármore. Ela pôs a mão no peito. Dobrou-se na cama, os joelhos até o queixo.

— Se ele for para a prisão — continuou Lola —, você pode ganhar dinheiro para nós. Pode entrar num show de aberrações.

* * *

Novembro: a Dra. Bhattacharya da clínica veio discutir o crescimento dos pelos. Acontece, disse ela. O nome da substância é lanugo. Ah, acontece mesmo, sinto dizer. Ela se sentou no sofá e completou:

— Sua filha já me levou ao limite da minha capacidade.

O pai queria que Morna voltasse à clínica.

— Eu diria mais — acrescentou ele —, ou ela vai, ou vou eu.

A Dra. Bhattacharya piscou por trás dos óculos.

— Nossas finanças estão num estado lastimável. A partir de agora e até o próximo ano fiscal, as despesas estão racionadas. Apenas os encaminhamentos mais urgentes. Sigam com o trabalho constante de anotar o peso diário. Tudo certo desde que ela continue estável e não perca mais. Na primavera, se o progresso não for bom, poderemos recebê-la de novo.

Morna estava sentada no sofá, os braços cruzados sobre a barriga, que estava inchada. Ela observava os arredores com um olhar vago. Preferia estar em qualquer lugar, menos ali. Contamina tudo, explicava ela, aquela enganosa colherada de creme de leite. Ela não podia mais confiar que sua comida era o que se dizia que era nem fazer seus cálculos de calorias, quando adulteravam sua dieta. Ela havia concordado em comer, mas os outros tinham quebrado o acordo. Em espírito, ela concluiu.

O pai disse à médica:

— Não adianta perguntar o tempo todo "Morna, o que você acha, o que você quer?" — debochou, em uma imitação da voz da médica. — Não me venha com toda aquela merda sobre direitos humanos. O que ela acha não importa mais. Quando ela se olha num espelho, só Deus sabe o que vê. Você não consegue entender, não é, o que se passa naquela cabeça dela? Morna imagina coisas que não estão lá.

Lola interveio.

— Mas eu também vi.

Os pais se viraram para ela.

— Lola, vá para o quarto. — Ela saltou do sofá e saiu, arrastando os pés.

Eles não perguntaram: "Viu o que, Lola? O que você viu?"

Eles não escutam, Lola disse à médica: nada do que eu digo. Para eles, eu sou só ruído.

— Pedi um bicho de estimação, mas não, sem chance... Outras pessoas podem ter um cachorro, mas Lola não.

Expulsa da sala, ela parou do lado de fora da porta fechada, ganindo. Em certo momento, ela arranhou a porta com as unhas. Ela fungou. Bateu o ombro na porta, um barulho surdo, bam, bam.

— Terapia familiar pode ser uma opção. — Ela ouviu a Dra. Bhattacharya dizendo. — Já pensaram nisso?

* * *

Dezembro: Feliz Natal.

* * *

Janeiro:

— Vocês vão me mandar de volta para a clínica? — protestou Morna.

— Não, não — garantiu a mãe. — De jeito nenhum.

— Você estava no telefone com a Dra. Bhattacharya.

— Eu estava no telefone com o dentista. Marcando uma consulta.

Nos últimos tempos, Morna havia perdido alguns dentes, era verdade. Mas ela sabia que a mãe estava mentindo.

— Se vocês me mandarem de volta, vou beber alvejante — ameaçou ela.

Lola comentou:

— Você vai ficar branquinha, branquinha.

* * *

Fevereiro: falaram em internar Morna: isto é, a mãe falou, detenção compulsória num hospital psiquiátrico, o que significa que você não poderá sair, Morna, como fazia antes.

— É inteiramente escolha sua — disse o pai. — Comece a comer, Morna, e não vai chegar a esse ponto. Você não vai gostar daquele hospício. Eles não vão tentar persuadi-la com passeios nem assar aquelas merdas de bolinhos para você. Vão ter trancas nas portas e encher você de remédios. Não vai ser como na clínica, escute bem.

— Mais como um canil, imagino — comentou Lola. — Elas ficam presas em coleiras.

— Vocês não vão me salvar? — perguntou Morna.

— Você tem que salvar a si mesma — respondeu o pai. — Ninguém pode comer por você.

— Se pudesse — interveio Lola —, talvez eu comesse. Mas cobraria uma taxa.

Morna se desfazia. Estava deixando de existir. Lola era sua intérprete, falando do beliche de cima com uma voz clara de profeta. Eles tinham que vir a ela, os pais e os médicos, para saber o que Morna pensava. A própria Morna se tornara praticamente muda.

Lola tinha feito Morna trocar de lugar e dormir na cama de baixo, desde o Ano-Novo. Tinha medo de que Morna rolasse para fora e se despedaçasse no chão.

Ela ouviu a mãe gemendo por trás da porta do quarto:

— Ela está indo, está indo.

Isto não queria dizer "indo às compras". No final, a Dra. Bhattacharya dissera, o coração para sem aviso.

* * *

Fevereiro: no último minuto, no último momento, ela decidiu salvar a irmã. Lola fazia para ela pequenos pacotes embrulhados em papel alumínio — um único biscoito, alguns doces variados — e os deixava na cama. Ela encontrava o biscoito, ainda no alumínio, triturado em migalhas e, no chão do quarto, pedaços de pudim e as patas cortadas das lagostas de jujuba rosa. Não dava para contar as migalhas, então Lola torcia para que Morna estivesse comendo um pouco. Um dia, ela encontrou Morna segurando o alumínio, desamassado, observando seu reflexo no lado brilhante. Sua irmã tinha visão dupla agora e os objetos sólidos apareciam rodeados por luzes; possuíam um fantasma de si mesmos, difusos, fugidios.

A mãe disse:

— Você não tem sentimento, Lola? Você não tem ideia do que estamos passando com a sua irmã?

— Já tive alguns sentimentos — respondeu Lola. Ela esticou as mãos numa curva em torno de si mesma, para mostrar como as emoções alargam alguém. Fazem com que você se sinta cheio, com um grande peso no peito, e daí você não quer seu jantar. Foi assim que ela começou a deixá-lo, ou a esconder pedaços de comida sem que ninguém notasse, pastéis, uma batata a mais, num pedaço de papel-toalha.

Lola se lembrou daquela noite em novembro, quando elas desceram descalças até o computador. Parada atrás da cadeira de Morna, ela lhe tocara o ombro e era como passar o dedo numa faca. A lâmina do osso parecia afundar profundamente em sua mão e ela sentira aquilo por horas; ficara surpresa de não ver o corte na palma da mão. Quando ela acordou na manhã seguinte, a forma do osso ainda estava em sua mente.

* * *

Março: todos os traços de Morna agora desapareceram do quarto, mas Lola sabe que ela ainda está presente. Naquelas noites frias, o pijama do Mr. Men erguido com uma das mãos, ela olha para o jardim da pequena casa. Sob os holofotes dos helicópteros acima, sob o clarão das luzes de segurança dos jardins vizinhos, sob os postes das ruas de trás, ela vê a silhueta de sua irmã, parada, erguendo os olhos para a casa, banhada num halo de friagem intensa. O tráfego flui ao longo da noite, um incessante murmúrio, mas em torno de Morna há uma bolha de silêncio. Seu corpo alto e reto se move dentro da camisola, seu rosto está borrado como se por lágrimas ou por chuva e ela não exibe nenhuma expressão identificável. Mas a seus pés se deita um cão branco, luminoso como um unicórnio, uma corrente de ouro em torno do pescoço.

Terminal

Em 9 de janeiro, pouco depois das 11 horas de uma manhã escura e chuvosa, vi meu pai morto num trem saindo de Clapham Junction com destino a Waterloo.

Virei o rosto, sem reconhecê-lo de imediato. Estávamos em vias paralelas. Quando tornei a olhar, o trem ganhou velocidade e o levou embora.

Minha mente avançou imediatamente para a transferência na estação de Waterloo e o encontro que eu sabia que precisava acontecer. O trem no qual ele viajava era um dos antigos com vagões de seis assentos e corredor, as janelas quase opacas com os acúmulos do inverno e uma década de sujeira agarrada ao metal. Eu me perguntava de onde ele tinha vindo: Windsor? Ascot? Vejam bem, eu viajo um bocado pela região, e assim se começa a conhecer o povo que circula.

Não havia luzes no vagão que ele escolhera. (As lâmpadas muitas vezes são roubadas ou vandalizadas.) Seu rosto tinha um tom desagradável; seus olhos estavam fundos e escuros e sua expressão era pensativa, quase melancólica.

Finalmente liberado pelo sinal verde, meu próprio trem começou a avançar. Seu ritmo era pomposo e achei que ele devia estar uns bons sete minutos à minha frente, certamente mais que cinco.

Assim que o vi, sentado, triste, mas empertigado naquele vagão oposto, minha mente voltou à ocasião... à ocasião quando... Mas não. Não voltou. Tentei, mas não consegui encontrar uma ocasião. Mesmo após vasculhar os recessos do meu cérebro, não pude achar uma sequer. Eu gostaria de ser rica em histórias. Fértil para a invenção. Mas não há ocasião alguma, apenas o conhecimento de que se passou um certo número de anos.

Quando desembarcamos, a plataforma estava escorregadia pelo frio, deslizante sob os pés. Os alertas de bomba estavam colados por toda parte, também alertas sobre a mendicância e cartazes dizendo cuidado para não escorregar ou tropeçar, que são um insulto para o público, uma vez que poucas pessoas tropeçariam se pudessem evitar: apenas alguns talvez, querendo chamar atenção. Uma decisão arbitrária havia colocado um homem para verificar os bilhetes, de modo que ficou tudo desorganizado e houve mais demora. Fiquei irritada; eu queria andar logo com tudo aquilo, o que quer que aquilo fosse.

Ocorreu-me que ele parecera mais jovem, como se na morte houvesse retrocedido um estágio. Ainda que melancólica, havia em sua expressão algo de resoluto; e eu tinha certeza disso, de que sua jornada não era um acaso. E, mais que qualquer experiência passada (experiências são sempre matéria do passado?), foi essa percepção o que me fez pensar que ele talvez fosse parar para um reencontro; que, ao se mover em minha direção e depois se afastar, em seu trem de Basingstoke ou talvez de tão longe quanto Southampton, ele poderia achar tempo para um encontro comigo.

Ouça o que eu digo: se você tem por objetivo um encontro na estação Waterloo, faça bem seus planos e com antecedência. Formalize por escrito, como uma precaução a mais. Eu parei, como uma pedra num fluxo bruto, enquanto viajantes trombavam e vinham em ondas à minha volta. Para onde ele estaria indo? O que ele poderia querer? (Eu não sabia, Deus me ajude, que os mortos andavam à solta.) Uma xícara de café? Uma olhada na prateleira de *best-sellers*? Um item da farmácia Boots, um remédio para a gripe, um vidro de algum óleo aromático?

Algo pequeno e duro, que estava dentro do meu peito, que era o meu coração, tornou-se então menor. Eu não tinha ideia do que ele poderia querer. As ilimitadas possibilidades que Londres oferece... se ele passasse ao largo de mim e encontrasse o caminho para a cidade... mas mesmo assim, entre as ilimitadas possibilidades, eu não conseguia pensar numa só coisa que ele poderia querer

* * *

Então eu o persegui, espreitando na W.H. Smith e na loja Costa Coffee. Minha mente tentava encontrar ocasiões às quais poderia retroceder, mas nenhuma aparecia. Eu ansiava por algo doce, um copo de chocolate quente para aquecer minhas mãos, um *wafer* italiano polvilhado com cacau em pó. Mas minha mente estava fria e minha intenção era urgente.

Ocorreu-me que ele talvez estivesse partindo para o Continente. Se ele pegasse o trem daqui para a Europa, como eu poderia segui-lo? Eu me perguntava de quais documentos ele provavelmente necessitaria e se levava algum dinheiro. As exigências são diferentes? Enquanto fantasmas, eles podem passar pela alfândega? Pensei num tribunal de embaixadores das sombras, com pastas sombrias escondidas sob suas túnicas.

Há um ritmo — e vocês sabem disso — no qual as pessoas se movem em qualquer grande espaço público. Há certa velocidade que não é decisão de ninguém, mas que se põe em movimento todos os dias, logo após o amanhecer. Quebre o ritmo e você se arrependerá, pois será chutado e cotovelos vão colidir. Brutais res mungos britânicos de perdão, oh, perdão — só que muitas vezes acho que os viajantes estão irritados demais para a polidez comum; hesite por muito tempo ou seja manco e você será chutado para fora do caminho. Pensei pela primeira vez que este ritmo é de fato um mistério, controlado não pelas ferrovias ou pelos cidadãos, mas por um poder superior: que é uma ajuda para a dissimulação, um guia para aqueles que de outra forma não saberiam como agir.

Pois, de todos os milhares em movimento, quantos são sólidos e quantas dessas aparições são truques da luz? Quantos, eu lhes pergunto, estão conectados em todos os pontos, quantos estão total e convincentemente no estado em que fingem estar: ou seja, vivos? Aquele homem perdido, sem objetivo, pálido, um estrangeiro com sua bolsa nas costas; aquela mulher cujo rosto faminto lembra uma vítima das covas da peste? Aqueles moradores das casas de tijolos marrons de Wandsworth, os cidadãos de apartamentos com varandas e passarelas; os passageiros queixosos reunidos para o Virginia Water, aqueles cujas casas estão instaladas em aterros ou cujos telhados lustrosos de chuva parecem voar para longe na janela do viajante? Quantos?

Você poderia distinguir para mim? Distinguir para mim "a coisa distinta". Materializar a textura da carne. Apontar para mim o que é, no timbre da voz, que diferencia os vivos dos mortos. Mostrar-me um osso que você sabe ser um osso vivo. Faça uma exibição, pode ser? Encontre um e me mostre.

* * *

Seguindo em frente, eu olhei por cima da cabine refrigerada com suas refeições embalsamadas para os viajantes. Tive um vislumbre de uma manga, de um sobretudo que pensei que podia ser familiar e meu coração estreito saltou de lado. Mas então o homem se virou e seu rosto era o reflexo da estupidez, era outra pessoa, e menos do que eu exigia que fosse.

Não restavam muitos lugares. Olhei no balcão das pizzas, mas não achava que ele fosse comer num local público, e muito menos comida estrangeira. (Mais uma vez, minha mente se lançou à Gare du Nord e às chances de alcançá-lo.) Eu tinha verificado na casa de câmbio e já havia aberto a cortina da cabine de fotografia, que parecia vazia no momento, mas achei que podia ser um truque ou um teste.

Ou seja, em nenhuma parte. Novamente recordando sua ex pressão — e vocês se lembram de que só o vi por um momento, e nas sombras —, discerni algo que não tinha visto a princípio. Parecia, quase, que seu olhar se voltava para dentro. Havia uma qualidade remota, um desejo de privacidade: como se ele fosse o zelador de sua própria identidade.

De repente — o pensamento nascido num segundo —, eu compreendi: ele está viajando anonimamente. A vergonha e a raiva então me fizeram recostar na placa de vidro, na vitrine da livraria; ciente de minha própria imagem nadando atrás de mim, de que o meu fantasma, em sua capa de inverno, estava impresso no interior do vidro, forçado ali e fixado para ser encarado por qualquer transeunte, vivo ou morto, enquanto eu não tivesse a força ou o poder de me mover. Minha experiência da manhã, até então não processada e escassamente observada, agora se assentava em mim. Eu levantei os olhos, ergui o rosto; com minha curiosidade crua, olhei para dentro do vagão no trilho paralelo e, por uma indecente coincidência, vi algo por acaso que nunca deveria ter visto.

Parecia urgente agora ir para a cidade e para a minha reunião. Fechei meu sobretudo, meu habitual traje preto solene. Olhei na bolsa para verificar se todos os meus documentos estavam em ordem. Fui a uma banca e entreguei uma moeda de libra, pela qual me foi dado um pacote de lenços de papel numa embalagem de plástico fina como pele. Usando minhas unhas, rasguei até que a membrana se partiu e o próprio papel foi parar sob minha mão: era uma precaução, para o caso de lágrimas inoportunas. Entretanto, o papel me tranquiliza, seu toque. É o que se respeita.

Este é um inverno sombrio. Até os velhos admitem que está mais gelado que o habitual, e é sabido que, quando você para na fila do táxi, os quatro ventos ardem nos olhos. Estou a caminho de uma sala fria, onde homens que poderiam ter sido meus pais, só que mais afetuosos, resolverão algumas resoluções, transacionarão algumas transações, concordarão nas minúcias: observo a facilidade com que, na maioria dos casos, os comitês concordam nas minúcias, mas quando somos singulares e vivemos nossas vidas separadas, divergimos — não é? — por cada segundo que acreditamos ser nosso. Não é de consenso geral, não é muito observado, que as pessoas estão divididas por todos os tipos de coisas e que, francamente, a morte é a menor delas. Quando as luzes se acenderem pelas avenidas e parques e a cidade assumir sua *sagesse* vitoriana, estarei novamente em movimento. Vejo que tanto os vivos quanto os mortos viajam, ocupando seus trens habituais. Eu não sou, como vocês já concluíram, uma pessoa que precisa de falsa excitação ou de inovações simuladas. Estou disposta, porém, a rasgar a grade de horários dos trens e pegar algumas rotas novas; e sei que encontrarei, em algum terminal improvável, a mão destinada a pousar na minha.

O Assassinato de Margaret Thatcher: 6 de agosto de 1983

25 DE ABRIL DE 1982, DOWNING STREET:
Anúncio da retomada da Geórgia do Sul, nas Ilhas Malvinas.

Sra. Thatcher: Senhoras e senhores, o Secretário de Estado para a Defesa acaba de chegar para trazer-me ótimas notícias...

Secretário de Estado: A mensagem que temos é de que as tropas britânicas desembarcaram na Geórgia do Sul esta tarde, pouco depois das 16 horas, horário de Londres... O comandante da operação enviou a seguinte mensagem: "Grato em informar Sua Majestade de que o Pavilhão Branco tremula ao lado da Bandeira do Reino Unido na Geórgia do Sul. Deus salve a Rainha."

Sra. Thatcher: Celebremos a notícia e parabenizemos nossas forças e a marinha. Boa noite, senhores.

A Sra. Thatcher se volta para a porta do nº 10 da Downing Street.

Repórter: Nós vamos declarar guerra à Argentina, Sra. Thatcher?

Sra. Thatcher (parando no degrau): Celebremos.

Imaginem primeiro a rua onde ela deu seu último suspiro. É uma rua tranquila, calma, sombreada por velhas árvores: uma rua de casas altas, suas fachadas lisas como glacê branco, seus tijolos da cor do mel. Algumas são georgianas, fachada lisa. Outras são vitorianas, com sacadas luzidias. São grandes demais para as famílias modernas e a maioria foi dividida em apartamentos. Mas isto não corrompe sua elegância de proporções, nem prejudica o lustro profundo das portas frontais, decoradas de bronze e pintadas de azul-marinho ou verde-floresta. O único inconveniente do bairro é haver mais carros do que espaços onde colocá-los. Os residentes estacionam para-choque com para-choque, ostentando suas autorizações. Aqueles que têm entrada de veículos muitas vezes não conseguem sair com o carro. Mas são moradores pacientes, orgulhosos de sua bela rua e dispostos a sofrer para viver ali. Olhando para cima, percebemos uma frágil janela arcada georgiana, uma cálida extensão de telhas de terracota ou um reflexo de vitral colorido. Na primavera, as cerejeiras lançam extravagantes maços de flores. Quando o vento despe suas pétalas, elas se espalham em fios rosa e atapetam as calçadas, como se gigantes tivessem organizado um casamento na rua. No verão, a música flutua das janelas abertas: Vivaldi, Mozart, Bach.

A rua em si faz uma curva suave, juntando-se à rua principal no fluxo para fora da cidade. A Igreja da Santíssima Trindade, ilhada, está carregada de bandeiras da guarnição. Olhando de uma janela alta para a cidade (como fiz no dia do assassinato), sente-se a presença íntima de fortalezas e castelos. Olhe para a esquerda e a Torre Redonda assoma à vista, impondo-se às vidraças. Mas nos dias de garoa e nuvens passageiras, o forte diminui, como um desenho amador meio apagado. Suas linhas se abrandam, suas bordas desbotam; ele encolhe no frio bruto do rio, mais uma montanha enevoada que um castelo construído para reis.

As casas no lado direito do Trinity Place — digo, no lado direito de quem olha de fora da cidade — têm grandes jardins, cada um agora partilhado entre três ou quatro inquilinos. No início dos anos 1980, a Inglaterra ainda não havia sucumbido ao cheiro de queimado. O fedor carbonizado do churrasco de fim de semana era desconhecido, exceto nos botequins da beira do rio em Maidenhead e Bray. Nossos jardins, embora imaculadamente cuidados, viam poucas pisadas; não havia crianças na rua, apenas casais jovens que ainda tinham de procriar e casais mais velhos que, no máximo, abriam uma porta para permitir que uma festa vespertina se derramasse rumo a um terraço. Ao longo das tardes quentes, os gramados cozinhavam sem atenção e os gatos se enroscavam em cochilos na terra esfarelada das urnas de pedra. No outono, montes de folhas se deterioravam nos pátios rebaixados e eram retirados pelos proprietários irritados dos apartamentos de subsolo. As chuvas de inverno ensopavam os arbustos, sem ninguém lá para ver.

Mas no verão de 1983, este canto dócil, ignorado por pessoas indo às compras e turistas, viu-se no foco do interesse nacional. Por trás dos jardins do nº 20 e do nº 21 ficavam as instalações de um hospital particular, um gracioso edifício claro ocupando um terreno de esquina. Três dias antes do assassinato, a primeira-ministra entrou neste hospital para uma pequena cirurgia ocular. A partir daí, a área foi alterada. Estranhos se acotovelavam com moradores. Jornalistas e equipes de TV bloquearam a rua e estacionaram sem permissão nas entradas de veículos. Eles eram vistos correndo de cima a baixo da Spinner's Walk arrastando cabos e luzes, seus olhares rolando em direção aos portões do hospital da Clarence Road, seus pescoços enforcados pelas alças das câmeras. De poucos em poucos minutos, eles se coagulavam numa massa de coletes de combate, como se para assegurar uns aos outros de que nada estava acontecendo: mas que algo aconteceria, aos poucos. Eles esperavam e, enquanto esperavam, tomavam suco de laranja de caixinha e cerveja em lata; comiam, migalhas se espalhando pelo peito, sacos de papel sujo enfiados nos canteiros de flores. O padeiro no fim da St. Leonard's Road ficou sem pão de queijo por volta das dez da manhã e sem nada mais ao meio-dia. Os moradores de Windsor se aglomeravam em Trinity Place, as sacolas de compras apoiadas nos muros baixos. Nós nos perguntávamos a que devíamos esta honra, e quando ela iria embora.

Windsor não é o que você pensa. Há uma *intelligentsia*. Uma vez que você desce do castelo ao pé da Peascod Street, não são todos monarquistas puxa-sacos; e, quando atravessa o cruzamento para a St. Leonard's Road, dá para farejar republicanos enrustidos. Ainda assim, as estatísticas ofereciam pouco consolo aos socialistas locais, e as pessoas comentavam que era um voto desperdiçado; eles tinham que mostrar a força de seus sentimentos através do voto tático e mostrar seu espírito ao comparecer a eventos abertos no centro de artes. Recentemente remodelado a partir do corpo de bombeiros, era um lugar onde poetas independentes encontravam uma plataforma e vinho branco azedo era distribuído em caixas; nas manhãs de sábado havia aulas de autoafirmação, ioga e criação de molduras para pinturas.

Mas quando a Sra. Thatcher veio de visita, os dissidentes tomaram as ruas. Eles se aglomeravam como num nó, inspecionando os quadros de imprensa e virando as costas às portas do hospital, onde uma fileira de preciosas vagas de estacionamento estava demarcada e assinalada: APENAS DOUTORES.

Uma mulher disse:

— Eu tenho doutorado e muitas vezes fico tentada a estacionar ali. — Era cedo, e seu pão ainda estava quente; ela o aninhava junto a si, como um bicho de estimação. Ela prosseguiu: — Há umas opiniões fortes voando de um lado para o outro.

— A minha é um punhal — comentei —, voando direto ao coração dela.

— Seu sentimento — comentou ela com admiração — é o mais intenso que ouvi.

— Bem, tenho que entrar — respondi. — Estou esperando o Sr. Duggan para consertar meu aquecedor.

— Num sábado? Duggan? Quanta honra. Melhor se apressar. Se vocês se desencontrarem, ele vai cobrar mesmo assim. É um tubarão, aquele homem. Mas o que se pode fazer? — Ela procurou uma caneta no fundo de sua bolsa. — Vou lhe dar meu número. — Ela escreveu no meu braço nu, uma vez que nenhuma de nós tinha papel. — Dê uma ligada. Você costuma ir ao centro de artes? Podemos nos encontrar para uma taça de vinho.

* * *

Eu estava colocando minha água Perrier na geladeira quando a campainha tocou. Eu ponderava que agora não pensamos assim, mas vamos olhar com carinho para o tempo em que a Sra. Thatcher esteve aqui: novas amizades formadas na rua, bate-papo sobre os encanadores que temos em comum. No interfone se ouviu o chiado de costume, como se alguém tivesse ateado fogo à linha.

— Pode subir, Sr. Duggan — eu disse.

Era melhor ser respeitosa com ele. Eu morava no terceiro andar, as escadas eram íngremes e Duggan era pesado. Então fiquei surpresa com a rapidez com que ouvi a batida na porta.

— Olá — exclamei. — Conseguiu estacionar sua van?

No patamar — ou melhor, no último degrau, uma vez que eu morava sozinha lá em cima — estava um homem com um casaco acolchoado barato. Meu pensamento inocente foi, este é o filho de Duggan.

— Aquecedor? — perguntei.

— Certo — confirmou ele.

Ele se alçou com sua sacola de homem do aquecedor. Ficamos cara a cara na entrada do tamanho de uma caixa. Seu casaco, mais que adequado para o verão inglês, tomou todo o espaço entre nós. Eu recuei.

— O que há de errado com ele? — indagou.

— Ele range e estala. Eu sei que é agosto, mas...

— Não, você está certa, está certa, nunca se pode confiar no clima. Tubos quentes?

— Em partes.

— Tem ar no sistema — afirmou ele. — Enquanto eu estiver esperando, vou abri-lo. Melhor assim. Se você tem uma chave.

Foi aí que uma suspeita me ocorreu. Esperando, ele disse. Esperando o quê?

— Você é fotógrafo?

Ele não respondeu. Ele se revistava, procurando nos bolsos, franzindo a testa.

— Eu estava esperando um encanador. Você não deveria entrar desse jeito.

— Você abriu a porta.

— Não para você. Enfim, não sei por que se deu ao trabalho. Não dá para ver os portões da frente deste lado. Você precisa sair daqui — decretei incisivamente — e virar à esquerda.

— Dizem que ela sairá pelos fundos. Daqui consigo um ângulo ótimo.

Meu quarto tinha uma vista perfeita para o jardim do hospital; passando pela lateral da casa, ninguém poderia imaginar isso.

— Para quem você trabalha? — perguntei.

— Você não precisa saber.

— Talvez não, mas seria educado me contar.

Quando recuei para a cozinha, ele me seguiu. A sala estava ensolarada e agora eu o via claramente: um homem atarracado, na faixa dos 30 anos, desleixado, com um rosto redondo amigável e cabelos rebeldes. Ele jogou sua bolsa na mesa e tirou o casaco. Seu tamanho se reduziu à metade.

— Digamos que sou *freelancer*.

— Mesmo assim — respondi —, eu deveria receber uma taxa pelo uso de minhas dependências. Seria justo.

— Não é o tipo de coisa na qual você pode pôr um preço — declarou ele.

Pelo sotaque, ele era de Liverpool. Longe de Duggan, ou do filho de Duggan. Mas ele não havia falado até entrar pela porta, então como eu poderia saber? Ele podia ser um encanador, eu dizia a mim mesma; eu não tinha sido uma idiota total; naquele momento, a autoestima era tudo que me preocupava. Peça a identificação, as pessoas aconselham, antes de abrir a porta para um estranho. Mas imagine o escarcéu que Duggan faria se eu tivesse deixado seu filho na escada, impedindo o rapaz de chegar ao próximo aquecedor de sua lista, e reduzindo suas oportunidades de lucro.

A janela da cozinha dava vista para o Trinity Place, agora fervilhando de gente. Se eu esticasse o pescoço, podia ver uma nova presença policial à minha esquerda, trotando dos jardins privados de Clarence Crescent.

— Quer um? — O visitante havia encontrado seus cigarros.

— Não. E prefiro que você não fume.

— Está certo.

Ele esmagou o pacote no bolso e puxou um lenço embolado. Ele se afastou da janela alta, enxugando o rosto; rosto e lenço estavam amassados e cinzentos. Claro que isto não era algo a que ele estava acostumado, enganar para entrar em casas particulares. Eu estava mais irritada comigo mesma que com ele. O homem tinha que ganhar a vida; e talvez não pudesse ser chamado de invasor quando uma mulher estúpida escancarava a porta para ele.

Eu perguntei:

— Quanto tempo você pretende ficar?

— Ela é esperada dentro de uma hora.

— Certo. — Isto explicava o aumento do burburinho e da confusão na rua. — Como você sabe?

— Temos uma garota lá dentro. Uma enfermeira.

Entreguei a ele duas folhas de papel toalha.

— Tome.

Ele enxugou a testa.

— Ela sairá e os médicos e enfermeiros farão fila para que ela possa agradecer. Ela vai cambalear ao longo da fila com seu muito-obrigado e até-breve, depois vai se esgueirar pela lateral, entrar numa limusine e cair fora. Bem, essa é a ideia. Eu não sei a hora exata. Então pensei que, se chegasse mais cedo, poderia me instalar, dar uma olhada nos ângulos.

— Quanto você vai ganhar por um bom resultado?

— Perpétua sem condicional — disse ele.

Eu ri.

— Isso não é crime.

— É o que eu acho.

— É uma distância considerável — comentei. — Quero dizer, sei que vocês têm lentes especiais e você é o único aqui em cima, mas não gostaria de um close?

— Não — respondeu ele. — Contanto que eu tenha uma visão clara, a distância é moleza.

Ele amassou o papel toalha e olhou ao redor em busca do lixo. Peguei o papel dele, e ele resmungou, depois se ocupou de tirar a bolsa, uma sacola de lona que achei tão apropriada a um fotógrafo quanto a qualquer outro ofício. Contudo, ele começou a sacar peças de metal, uma por uma, que, mesmo em minha ignorância, eu sabia que não faziam parte do equipamento de um fotógrafo. Ele começou a montá-las; as pontas dos dedos eram delicadas. Ele cantava enquanto trabalhava, quase um sussurro, uma canção das arquibancadas de futebol:

"*Você é favelado, um favelado sujo,*
Só fica feliz no seguro-desemprego,
Seu pai foi assaltar, sua mãe foi traficar,
Favor não esconder nossas calotas no bueiro."

— Três milhões de desempregados — disse ele. — A maioria vive na minha área. Não é um problema aqui, é?

— Ah, não. Muitas lojas de souvenires para empregar todo mundo. Você foi até a High Street?

Pensei nas massas de turistas se acotovelando nas calçadas, disputando docinhos típicos e soldados de corda. Poderia ser outro país. Nenhuma voz chegava da rua abaixo. Nosso homem murmurejava, absorto. Eu me perguntei se sua canção tinha uma segunda estrofe. Quando ele levantava cada componente de sua bolsa, limpava com um pano mais limpo que seu lenço, manuseando tudo com suave reverência, como um coroinha polindo os recipientes para a missa.

Quando o mecanismo foi montado, ele o ergueu para minha inspeção.

— Eixo dobrável — explicou ele. — Essa é a beleza dela. Cabe num pacote de flocos de milho. Chamada de "viuvadora". Embora não neste caso. Denis, o pobre-diabo, hein? Vai ter que cozinhar seus próprios ovos de agora em diante.

* * *

Em retrospecto, é como se as horas se prolongassem enquanto estávamos juntos no quarto: ele, numa cadeira dobrável perto da janela de guilhotina, sua caneca de chá embalada nas mãos, a viuvadora a seus pés; eu, na beira da cama, sobre a qual puxei o edredom apressadamente para arrumá-la. Ele trouxe o casaco da cozinha; talvez os bolsos estivessem cheios dos requisitos de um assassino. Quando ele o atirou na cama, o casaco deslizou na hora para o chão. Tentei agarrá-lo e minha mão deslizou pelo náilon; como um réptil, parecia ter vida própria. Eu o joguei na cama ao meu lado e o firmei pelo colarinho. Ele observava com ligeira aprovação.

Ele não parava de olhar para o relógio, mesmo depois de ter dito que não sabia a hora exata. Em dado momento, ele esfregou o vidro com a mão, como se estivesse embaçado e escondendo um horário diferente por baixo. De rabo de olho, ele verificava se eu ainda estava onde deveria estar, minhas mãos à vista: como, ele explicou, preferia que estivessem. Depois ele fixou o olhar nos gramados, nas cercas dos fundos. Como se para estar mais perto de seu alvo, ele balançava a cadeira para a frente, sobre as pernas dianteiras.

Eu disse:

— É a falsa feminilidade o que eu não suporto, e a voz ensaiada. A forma como ela se vangloria de seu pai verdureiro e do que ele ensinou a ela, mas todo mundo sabe que ela mudaria tudo se pudesse para nascer numa família rica. É a forma como ela ama os ricos, o jeito que ela os venera. É sua brutalidade, sua ignorância, o jeito como se orgulha dessa ignorância. É a impiedade. Por que ela precisa de uma operação no olho? Será porque não consegue chorar?

Quando o telefone tocou, ambos tivemos um sobressalto. Eu interrompi o que estava dizendo.

— Atenda — disse ele. — É para mim.

* * *

Para mim era difícil imaginar a incessante rede de atividade por trás dos planos do dia.

— Espere — exclamei e perguntei: — Chá ou café? — enquanto ligava a chaleira. — Você sabia que eu estava esperando o homem do aquecedor? Tenho certeza de que ele vai aparecer daqui a pouco.

— Duggan? — indagou ele. — Não.

— Você conhece Duggan?

— Eu sei que ele não virá.

— O que você fez com ele?

— Ah, pelo amor de Deus. — Ele bufou. — Por que faríamos alguma coisa? Não há necessidade. Ele recebeu o recado. Temos chapas em todo lugar.

Chapas. Uma palavra agradável. Quase arcaica. Deus do céu, pensei, Duggan, um homem do IRA. Não que meu visitante tivesse declarado sua afiliação, mas eu declarei em voz alta na minha mente. A palavra, a sigla, não me causava o choque ou a consternação que causaria, talvez, a vocês. Eu disse isso a ele, enquanto ia à geladeira pegar leite e esperava que a chaleira fervesse:

— Eu impediria você se pudesse, mas apenas por temer por mim mesma e pelo que me acontecerá depois que você terminar isso: isso que, aliás, é o quê? Não sou nada amiga dessa mulher, embora — acrescentei, pois me senti obrigada — eu não ache que a violência resolva nada. Mas eu não trairia você, porque...

— Sim — disse ele. — Todo mundo tem uma avó irlandesa. Não é garantia de nada. Estou aqui por sua linha de visão. Não me importo com suas afinidades. Fique longe da janela da frente e não toque no telefone, ou eu vou abatê-la. Não me interessam as músicas que seus malditos tios-avós cantavam no sábado à noite.

Eu assenti. Era exatamente o que eu havia pensado. Era sentimento e nenhuma substância.

> "The minstrel boy to the war is gone,
> In the ranks of death you'll find him;
> His father's sword he has girded on,
> And his wild harp slung behind him."*

Meus tios-avós (e ele tinha razão a respeito) não teriam reconhecido uma harpa da floresta nem se ela saltasse do chão e lhes mordesse a bunda. O patriotismo era apenas uma desculpa para ficar daquele jeito que eles chamavam de pernas-tortas, enquanto suas esposas tomavam chá, comiam doce de gengibre e rezavam o terço na cozinha. A história toda era uma desculpa: porque somos oprimidos. Porque somos postos aqui, sendo oprimidos, enquanto gente de outras tribos se ergue por seus próprios esforços mundanos e compra ternos de três peças. Enquanto estamos enraizados aqui cantando "lá-lá-lá velha Irlanda" (porque, a esta altura, as palavras nos escapam), nossos vizinhos estão resolvendo suas

---

* O menino menestrel partiu para a guerra/ Nas fileiras dos mortos você o encontra/ A espada do pai ele leva na cintura   E a harpa da floresta atirada às costas. (N. da T.)

brigas, deixando de lado suas origens e seguindo em frente, rumo a formas modernas de estigma, não sectárias, expressas em canções modernas: *você é favelado, um favelado sujo*. Eu não sou, pessoalmente. Mas o norte é todo igual para os sulistas. E, em Berkshire e nos condados do interior, todas as causas são as mesmas, todas as ideias pelas quais alguém pode querer morrer: são perturbações, uma violação da paz e provavelmente vão causar engarrafamentos ou atrasar os trens.

— Você parece saber sobre mim — comentei. Soava ressentida.

— Tanto quanto qualquer um precisaria saber. Digo, não que você seja especial. Você pode ajudar, se quiser, e se não quiser, podemos agir de acordo.

Ele falava como se tivesse acompanhantes. Ele era apenas um homem. Mas um homem volumoso, mesmo sem o casaco. Imagine se eu fosse uma Tory ferrenha, ou uma daquelas almas devotas que não chegam nem a esmagar um inseto: mesmo assim eu não tentaria nenhuma reação. No fim das contas, ele acreditava que eu seria dócil, ou talvez, apesar de seu sarcasmo, confiasse em mim ao menos um pouquinho. De qualquer forma, ele me deixou segui-lo até o quarto com minha caneca de chá. Ele levou seu próprio chá na mão esquerda e a arma na mão direita. Deixou o rolo de fita adesiva e as algemas na mesa da cozinha, onde as colocara quando elas saíram de sua bolsa.

* * *

E agora ele me deixava pegar a extensão do telefone na mesinha e entregá-la a ele. Ouvi a voz de uma mulher, jovem, tímida e distante. Ninguém imaginaria que ela estava logo ali no hospital da esquina.

— Brendan? — perguntou ela.

Não achei que aquele era seu nome real.

Ele desligou o telefone com tanta força que fez um estampido.

— Aconteceu uma merda de um atraso. Vai levar vinte minutos, ela acha. Ou trinta, poderia ser até trinta. — Ele soltou o fôlego, como se tivesse prendido a respiração desde que subiu as escadas. — Que saco isso. Onde fica o mijador?

Primeiro você surpreende uma pessoa com a palavra "afinidade", eu pensei, e depois diz: "Onde está o mijador?" Não exatamente uma expressão de Windsor. Não era uma pergunta válida, também. O apartamento era tão pequeno que sua planta era óbvia. Ele levou a arma consigo. Eu o ouvi urinando. Abrindo uma torneira. Ouvi jorros. Ouvi quando ele saiu, fechando o zíper da calça. Seu rosto estava vermelho onde ele havia passado a toalha. Ele se sentou com força na cadeira dobrável. Houve um balido das frágeis pernas. Ele disse:

— Você tem um número escrito no braço.

— Sim.

— É um número de quê?

— Uma mulher. — Passei meu indicador na língua e o esfreguei pela tinta.

— Não vai sair desse jeito. Você precisa de um pouco de sabão e então esfregar bem.

— Que amável da sua parte se importar.

— Você anotou num papel? O número dela?

— Não.

— Não quer anotar?

Só se eu tiver um futuro, pensei. Eu me perguntava quando seria apropriado perguntar.

— Faça outro chá para nós. E ponha açúcar desta vez.

— Ah — disse eu. Fiquei envergonhada pela falha na hospitalidade. — Eu não sabia que você tomava com açúcar. Talvez eu não tenha açúcar refinado.

— A burguesia, hein?

Fiquei irritada.

— Na hora de atirar da minha janela burguesa, você não é tão orgulhoso, não?

Ele saltou à frente, a mão agarrando a arma. Não era para atirar em mim, mas meu coração deu um salto. Ele baixou os olhos para os jardins, tenso como se pretendesse enfiar a cabeça através do vidro. Soltou um pequeno grunhido insatisfeito e se sentou novamente.

— Uma droga de um gato no muro.

— Eu tenho demerara — continuei. — Espero que o gosto seja o mesmo, mexendo bem.

— Você não pensaria em gritar pela janela da cozinha, não? — perguntou ele. — Nem tentaria descer correndo pelas escadas?

— Como, depois de tudo que eu disse?

— Você acha que está do meu lado? — Ele estava suando novamente. — Você não conhece o meu lado. Acredite em mim, você não tem ideia.

Passou então pela minha cabeça que ele talvez não fosse do IRA, mas membro de um daqueles grupos dissidentes loucos de que ouvimos falar. Eu não estava exatamente em posição de tergiversar; o resultado final seria o mesmo. Mas eu disse:

— Burguesia, que tipo de expressão de politécnico é essa? — Eu o insultei, e queria insultar. Para aqueles de idade tenra, devo explicar que os politécnicos eram instituições de ensino superior para os jovens que não conseguiam acesso à universidade: para aqueles que eram suficientemente cultos para dizer "afinidade", mas que ainda assim usavam casacos de nylon baratos.

Ele franziu o cenho.

— Faça o chá.

— Eu não acho que você possa zombar de meus tios-avós por serem irlandeses fajutos quando repete esses slogans pichados em latões de lixo.

— Foi meio que uma piada — explicou ele.

— Ah. Bem. Foi? — Fiquei surpresa. — Pelo visto não tenho muito mais senso de humor que ela.

Indiquei, com a cabeça, o gramado visível pela janela, onde a primeira-ministra estava prestes a morrer.

— Eu não a culpo por não rir — disse ele. — Não vou culpá-la por isso.

— Deveria. É por isso que ela não vê o quanto é ridícula.

— Eu não a chamaria de ridícula — continuou ele, teimoso. — Cruel, má, mas não ridícula. O que há ali para rir?

— Todas as coisas das quais os homens riem.

Depois de pensar um pouco, ele comentou:

— Jesus chorou. — Ele sorriu. Vi que ele havia relaxado, sabendo que por causa do maldito atraso ele ainda não tinha que agir.

— Veja bem — comecei —, ela provavelmente riria se estivesse aqui. Ela riria porque nos despreza. Veja o seu casaco. Ela despreza seu casaco. Olhe para o meu cabelo. Ela despreza o meu cabelo.

Ele ergueu o olhar. Ainda não havia olhado para mim, não para me ver de verdade; eu era apenas quem fazia o chá.

— A forma como ele cai aqui — expliquei. — Em vez de estar armado em ondas. Eu deveria ter lavado e feito uma escova. Deveria ter feito cachos graduais, ela sabe com quem está lidando com esse tipo de cabelo. E eu não gosto da maneira como ela anda. "Cambalear", você disse. "Ela vai cambalear." Você acertou nessa.

— Qual você acha que é a motivação aqui? — perguntou.

— Irlanda.

Ele assentiu.

— E eu quero que você entenda isso. Não vou atirar nela porque ela não gosta de ópera. Ou porque você não gosta... como é o nome que você dá para aquela porcaria? Não gosta dos acessórios dela. Não tem a ver com a bolsa que ela usa. Não se trata do penteado. Tem a ver com a Irlanda. Só a Irlanda, certo?

— Ah, eu sei lá — retruquei. — Você mesmo é um pouco falso, acho. Não é nada mais próximo que eu do velho país. Seus tios-avós também não sabiam as letras. Então você pode querer razões a mais. Adjuntos.

— Fui criado numa tradição — insistiu ele. — E veja, ela nos traz aqui. — Ele olhou em volta como se não acreditasse: o ato crucial de uma vida dedicada, dentro de dez minutos, com as costas para um guarda-roupa de compensado coberto de verniz branco; um blecaute de papel plissado, uma cama desfeita, uma mulher estranha e seu último chá sem nenhum açúcar. — Eu penso naqueles meninos em greve de fome, o primeiro deles morto quase exatamente dois anos depois que ela foi eleita pela primeira vez: você sabia disso? Foram 66 dias para Bobby morrer. E outros nove garotos não muito depois dele. Depois que você passa fome por cerca de 45 dias, dizem que fica melhor. Você para de ofegar e pode tomar água de novo. Mas é a sua última chance, porque depois de 50 dias você mal consegue ver ou ouvir. Seu corpo digere a si mesmo. Come a si mesmo no desespero. Você se pergunta por que ela não ri? Não vejo nada ali para rir.

— O que posso dizer? — perguntei a ele. — Concordo com tudo que você disse. Vá você fazer o chá e eu vou ficar sentada aqui cuidando da arma.

Por um momento, ele pareceu cogitar.

— Você não acertaria. Não tem nenhum treinamento.

— Em que você é treinado?

— Alvos.

— Não é o mesmo com uma pessoa viva. Você poderia acertar nos enfermeiros. Nos médicos.

— Poderia, realmente.

Ouvi sua longa tosse de fumante.

— Ah, sim, o chá — falei. — Mas sabe de outra coisa? Eles podem ter ficado cegos no final, mas estavam de olho aberto quando entraram naquilo. Você não pode forçar piedade num governo como o dela. Por que ela negociaria? Por que esperar isso? O que é uma dúzia de irlandeses para eles? O que são cem? Aquela gente toda, eles são carrascos. Fingem ser modernos, mas, se fosse por eles, estariam arrancando olhos em praças públicas.

— Talvez não seja uma coisa ruim — comentou ele. — Enforcamentos. Em algumas circunstâncias.

Eu o encarei.

— Para um mártir irlandês? Ok. Mais rápido do que morrer de fome.

— Isso é verdade. Não posso dizer que você está errada nisso.

— Sabe o que os homens dizem, no pub? Eles dizem, cite um mártir irlandês. Eles dizem: vamos, vá em frente, você não sabe, não é?

— Eu poderia lhe dar uma lista de nomes — respondeu ele.

— Eles apareceram nos jornais. Dois anos, é tanto tempo assim para esquecer?

— Não. Mas faça o favor de acompanhar o que estou dizendo, sim? Quem diz isso são os ingleses.

— Você está certa. São os ingleses — assentiu ele tristemente. Eles não se lembram de porra nenhuma.

* * *

Dez minutos, pensei. Mais ou menos dez minutos. Em desafio a ele, apareci na janela da cozinha. A rua havia caído em seu torpor de fim de semana; as multidões estavam na esquina. Deviam estar esperando que ela aparecesse em breve. Havia um telefone na bancada da cozinha, bem ao meu lado, mas se eu o pegasse, ele ouviria a extensão do quarto fazendo seu pequeno trim e viria e me mataria, não com uma bala, mas de alguma forma menos intrusiva para não alertar os vizinhos e estragar seu dia.

Fiquei junto da chaleira enquanto ela fervia. Eu me perguntava: será que a cirurgia ocular foi um sucesso? Quando ela sair, será capaz de ver normalmente? Será que terão de conduzi-la? Será que seus olhos estarão enfaixados?

Eu não gostava da imagem na minha mente. Exclamei para ele, para saber a resposta. Não, ele gritou de volta, os velhos olhos estarão afiados como uma navalha.

Eu pensei, não há uma só lágrima nela. Nem pela mãe na chuva no ponto de ônibus, nem pelo marinheiro ardendo no mar. Ela dorme quatro horas por noite. Ela vive dos vapores do uísque e do ferro do sangue de suas presas.

* * *

Quando levei de volta a segunda caneca de chá, com o açúcar demerara mexido, ele havia tirado o suéter largo, puído nos punhos; ele se veste para o túmulo, pensei, uma camada sob a outra, mas mesmo assim não vai evitar o frio. Sob a lã, ele tinha ainda uma camisa de flanela desbotada. Sua gola torcida estava em pé; refleti que parecia um homem que lava a própria roupa.

— Algum herdeiro da fortuna? — perguntei.

— Não — respondeu ele —, não chego muito longe com as damas. — Ele passou a mão pelo cabelo para achatá-lo, como se o ajuste pudesse mudar sua sorte. — Sem filhos, bem, nenhum que eu conheça.

Eu lhe dei o chá. Ele tomou um gole e fez uma careta.

— Depois...

— Sim?

— Logo depois, eles saberão de onde veio o tiro, não vão precisar nem de um segundo para desvendar isso. Depois que eu descer as escadas e sair pela porta, vão me agarrar ali mesmo na rua. Eu vou levar a arma, por isso, assim que me virem, vão me fuzilar. — Ele fez uma pausa e depois disse, como se eu tivesse objetado: — É a melhor maneira.

— Ah. Achei que tinha um plano. Digo, algo além de ser morto.

— Que plano melhor eu poderia ter? — Havia apenas um toque de sarcasmo. — É uma dádiva de Deus, isto. O hospital. O seu sótão. Sua janela. Você. É barato. É limpo. O trabalho será feito, e vai custar apenas um homem.

Eu havia dito anteriormente, a violência não resolve nada. Mas era apenas um ato de devoção, como dar graças antes de comer carne. Não dei muita atenção ao significado quando disse aquilo e, se pensasse a respeito, eu me sentiria uma hipócrita. É só o que os fortes pregam aos fracos: nunca se ouve o outro lado; os fortes nunca baixam suas armas.

— E se eu pudesse ganhar tempo para você? — indaguei. — Se você vestisse seu casaco para atirar e estivesse pronto para sair: se deixasse a viuvadora aqui e levasse a bolsa vazia, saindo como um encanador, do jeito que você chegou?

— Assim que eu colocar os pés fora desta casa, estou morto.

— Mas e se você saísse da casa ao lado?

— E como isso seria possível?

— Venha comigo.

* * *

Ele ficou nervoso em deixar seu posto de sentinela, mas, diante daquela possibilidade, ele teve que sair. Ainda temos cinco minutos, eu disse, e você sabe disso, então venha, deixe sua arma guardada sob a cadeira. Ele me seguia às pressas no corredor e eu tive que lhe dizer para recuar um passo para que eu pudesse abrir a porta.

— Coloque na trava — aconselhou ele. — Seria patético se ficássemos trancados nas escadas do lado de fora.

As escadas destas casas não têm luz diurna. Pode-se apertar um interruptor cronometrado na parede e inundar as passagens com um clarão amarelo. Depois dos dois minutos previstos, você estará novamente no escuro. Mas a escuridão não é tão profunda quanto se acredita a princípio.

Você para, respirando suavemente, pausadamente, os olhos se adaptando. Os pés silenciosos sobre os carpetes grossos, descendo apenas meio andar. Ouça: a casa está em silêncio. Os inquilinos que partilham esta escada passam o dia todo fora. Portas fechadas anulam e abafam o mundo externo, o cacarejar dos noticiários de rádio, o burburinho dos viajantes da cidade alta, até mesmo o rugido apocalíptico dos aviões quando eles mergulham para o Heathrow. O ar, não circulado, tem um cheiro de cânfora, como se as pessoas que primeiro viveram aqui estivessem abrindo os armários, arejando suas roupas de luto. Nem dentro nem fora da casa, visível mas não visto, você pode se esconder aqui por uma hora sem ser perturbado, poderia se demorar por um dia. Poderia dormir aqui; poderia sonhar. Nem inocente nem culpado, poderia ocultar-se aqui por décadas, enquanto a filha do vereador envelhece: entre degrau e degrau, você envelhece, escapa das amarras de seu próprio nome. Um dia Trinity Place cairá, em uma nuvem de gesso e ossos em pó. O tempo chegará a um ponto zero, um ponto final: anjos vão remexer entre os escombros, fazendo voar pétalas das sarjetas, braços envoltos em bandeiras esfarrapadas.

Na escada, uma frase sussurrada:

— E você vai me matar? — É uma pergunta que só se pode fazer no escuro.

— Vou deixá-la amordaçada e amarrada — diz ele. — Na cozinha. Você pode dizer a eles que fiz isso na hora que invadi sua casa.

— Mas quando você vai realmente fazer isso? — A voz um murmúrio.

— Um pouco antes. Não haverá tempo depois.

— Você não pode me amarrar. Eu quero ver. Não vou perder isso.
— Então vou amarrar você no quarto, ok? Vou amarrá-la num lugar com vista.
— Você poderia me deixar descer um pouco antes. Vou levar uma sacola de compras. Se ninguém me vir saindo, vou dizer que estive fora o tempo todo. Mas você se certificaria de arrombar minha porta, certo? Como uma invasão?
— Estou vendo que você conhece o meu trabalho.
— Estou aprendendo.
— Achei que você queria ver acontecer.
— Eu poderia ouvir. Vai ser como o rugido do circo romano.
— Não. Não vamos fazer isso.
Um toque: mão roçando braço.
— Mostre essa coisa. Esse negócio pelo qual estou aqui, perdendo tempo.
No meio-andar há uma porta. Parece a porta para um armário de zelador. Mas é pesada. Pesada para puxar, a mão escorregando na maçaneta de bronze.
— Porta corta-fogo.
Ele se inclina na minha frente e escancara a porta.
Atrás dela, a um palmo de distância, outra porta.
— Empurre.
Ele empurra. Deslizamento lento, escuro encontrando um escuro semelhante. O mesmo cheiro fraco, aprisionado, acumulado, o cheiro da fronteira onde o mundo público e o privado se encontram: pingos de chuva no tapete enrugado, guarda-chuva molhado, sapato de couro úmido, emaranhado metálico de chaves, o sal do metal na palma da mão. Mas esta é a casa ao lado. Olhe bem através da escuridão. É a mesma, mas não. Você pode sair daquele cenário e entrar neste. Um assassino, você entra no nº 21. Um encanador, você sai pelo nº 20. Além da porta corta-fogo há outras famílias com outras vidas. Histórias dife-

rentes vivem perto; estão enroscadas como animais no inverno, respiração curta, pulso não detectado.

O que precisamos, está claro, é ganhar tempo. A dádiva de alguns momentos para nos libertar de uma situação que parece inegociável. Há uma peculiaridade na estrutura do prédio. É uma chance pequena, mas a única. Da casa ao lado, ele vai emergir alguns metros mais perto do fim da rua: mais próximo da extremidade direita, longe da cidade e do castelo, longe do crime. Temos de presumir que, apesar de suas bravatas, ele não tem intenção de morrer se puder evitar: que, em algum lugar nas ruas circundantes, estacionado ilegalmente na vaga de um morador ou bloqueando a garagem de um morador, há um veículo à sua espera, para levá-lo além do alcance e dissolvê-lo como se ele nunca tivesse existido.

Ele hesita, olhando a escuridão.

— Experimente. Não acenda a luz. Não fale. Atravesse.

* * *

Quem não viu a porta na parede? É o consolo do filho inválido, a última esperança do prisioneiro. É a saída fácil para o moribundo, que fenece não nas garras da morte de um estertor, mas que passa num suspiro, como uma pluma que cai. É uma porta especial e não obedece a leis que regem a madeira ou o ferro Nenhum serralheiro pode derrotá-la, nenhum delegado pode abri-la num chute; patrulheiros passam reto, porque ela é visível apenas aos olhos da fé. Uma vez que se atravessa, você retorna como ângulos e ar, como fagulhas e chamas. O assassino era um reflexo em seu batente, você sabe. Para além da porta corta-fogo, ele se derrete, e por isso você nunca o viu no noticiário. Por isso você não conhece seu nome, seu rosto. Foi assim que, para o seu conhecimento, a Sra. Thatcher seguiu vivendo até que morreu. Mas note a porta, observe a parede: observe o poder da porta na parede que você nunca tinha visto que estava lá. E note o vento frio que sopra através dela, quando você abre uma fresta. A história sempre poderia ter sido outra. Pois há o tempo, o lugar, a oportunidade: o dia, a hora, a inclinação da luz, o carrinho de sorvete tilintando numa rua distante perto do cruzamento.

* * *

E recuando para o nº 21, o assassino gargalha.
— Shh! — repreendo.
— É essa a sua grande sugestão? Que eles me fuzilem um pouco mais longe na rua? Ok, nós vamos fazer uma tentativa. Sair ao longo de outra linha. Uma pequena surpresa.
O tempo é curto agora. Voltamos para o quarto. Ele não disse se eu viverei ou se deveria fazer outros planos. Ele me conduz até a janela.
— Abra agora. Depois recue.
Ele tem medo que um ruído repentino assuste alguém abaixo. Mas, embora a janela seja pesada e às vezes trema em suas estruturas, a guilhotina desliza suavemente para cima. Ele não precisa se preocupar. Os jardins estão vazios. Mas, no hospital, além das cercas e arbustos, há movimento. Começam a sair: não a comitiva oficial, mas um bando de enfermeiros em seus aventais e toucas.
Ele pega a viuvadora e pousa a arma com ternura sobre os joelhos. Ele inclina a cadeira à frente e, porque vejo que suas mãos mais uma vez estão escorregadias de suor, eu lhe trago uma toalha, que ele pega sem falar nada e enxuga as palmas. Mais uma vez, penso em algo sacerdotal: um sacrifício. Uma vespa paira sobre o parapeito. O aroma dos jardins é aquoso, verde. O sol morno chega oscilando, lustrando suas botinas surradas, movendo-se timidamente por toda a superfície da penteadeira. Eu quero perguntar: quando acontecer o que está para acontecer, vai ser barulhento?

Onde eu me sento? Se eu me sento? Ou fico de pé? De pé onde? Junto de seu ombro? Talvez eu devesse ajoelhar e rezar.

E agora estamos a segundos do alvo. O pátio, os gramados estão fervilhando com a equipe do hospital. Uma fila de recepção se formou. Médicos, enfermeiros, funcionários. O chef se junta a eles, em seus brancos e um toque, um tipo de chapéu que só vi em livros ilustrados de crianças. Sem querer, eu rio. Estou consciente de cada subida e descida da respiração do assassino. Um silêncio se abate: nos jardins e em nós.

Sapatos altos no caminho coberto de musgo. Ponta dos pés. Cambaleando. Ela faz um esforço, mas não chega rápido a lugar algum. A bolsa no braço, pendurada como um escudo. O terno de alfaiataria exatamente como previ, a mesura mínima, um longo colar de pérolas e — um novo toque — grandes óculos de proteção. Para abrigá-la, sem dúvida, das provações da tarde. Mão estendida, ela se move ao longo da linha. Agora que finalmente estamos aqui, há todo o tempo do mundo. O atirador se ajoelha, entrando em sua posição. Ele vê o que eu vejo, o capacete brilhante dos cabelos. Ele o vê cintilando como uma moeda de ouro na sarjeta, ele o vê grande como a lua cheia. No batente, paira a vespa, suspensa no ar parado. Uma fácil piscadela do olho cego do mundo:

— Celebremos — diz ele. — Celebremos, porra.

A Escola de Inglês

— Por fim — disse o Sr. Maddox —, e para concluir nossa apresentação, chegamos a uma parte muito especial da casa. — Ele fez uma pausa para imprimir a ideia de que ela teria uma surpresa. — Talvez, Srta. Marcella, seja possível que, em seu último serviço, a casa não dispusesse de um quarto do pânico?

Marcella levou a mão à boca.

— Que Deus os ajude. Todos da família entram juntos, ou um de cada vez?

— Há espaço para toda a família — declarou o Sr. Maddox. — Caso surja a necessidade, Deus permita que não.

— Deus permita — repetiu ela. A ideia de uma crise coletiva... Como, ela se perguntava, o pânico se iniciava e se espalhava? Era dos pais para os filhos, dos filhos aos pais?

— O médico não pode fazer nada por eles? — perguntou ela. — Existem pílulas para deter o medo. Também dizem para respirar dentro de um saco de papel. Faz bem de alguma forma, não sei como.

Sr. Maddox — o mordomo — voltou os olhos para ela, e Marcella soube que tinha cometido um erro. Talvez demonstrando excesso de familiaridade. Ou talvez tivesse entendido errado; isto parecia provável.

— Então não é — continuou ela timidamente — um quarto para entrar quando você está com medo?

— Não é um mero quarto — respondeu o Sr. Maddox —, mas uma instalação. Siga-me e eu lhe mostrarei. — Mas ele tornou a se virar. — Se você estava fazendo uma piada, eu sinceramente a desencorajo. Eu mesmo me beneficiei dos ensinamentos de uma professora de inglês de jardim de infância. Faço brincadeiras como um inglês nativo, mas, em endereços exclusivos como St. John's Wood, ou em qualquer parte frondosa desta grande metrópole, é fácil ofender. — Ele deu um tapinha na própria barriga sob a camiseta. ("Somos uma família moderna, informal", ela foi avisada.) — Srta. Marcella, venha comigo.

Ela jamais teria imaginado que a porta que atravessaram era de fato uma porta. Parecia uma simples parede. Assim que foi aberta, a luz acendeu sozinha e mostrou uma parte da casa que estava escondida exceto para aqueles que estavam, como o mordomo, por dentro do esquema: como ele disse que estava.

— Sr. Maddox, eu devo limpar aqui?

— Semanalmente. Aspirador, purificadores de ar, banheiro limpo. Mesmo que nunca usado.

— Deus não permita que seja — disse Marcella.

Ela olhou em volta e começou a entender o quarto do pânico. O Sr. Maddox mostrou as grandes garrafas de água e o armário com seu estoque de lanches. Havia um sofá e duas poltronas forradas com um tecido robusto de tom carvão; pareciam duros e poderiam ter ganhado algumas almofadas. Havia um lavatório com um bloco frio de sabonete, um sabão de supermercado inferior aos do resto da casa. Por quê?, ela se perguntava. Por que reduzir seus padrões de conforto? Ela viu que, de semana a semana, o desinfetante se acumulava na privada sem uso, um lago verdejante se aprofundando.

Encostada na parede mais distante havia uma cama de solteiro com estrutura de metal tubular, arrumada com lençóis brancos engomados e rigidamente embalada com um cobertor azul-marinho.

— Só uma para dormir? — perguntou ela.

— Dormir não está nos planos — esclareceu o mordomo. — Dentro de uma hora, e se Deus quiser menos, a polícia ou o serviço de segurança os libertará. A cama é para alguma baixa.

— Desculpe — disse Marcella. — Não entendi.

Ela havia irritado o Sr. Maddox.

— Pensei que você tinha vindo através da The Lady. E, portanto, com garantia de bom conhecimento do idioma.

— The Lady não é minha patroa — respondeu Marcella. — É apenas um meios para alcançar um fim. — Ela parou e reconsiderou a frase: "Um meios para alcançar um fim." Ela continuou: — Eu fiz provas de proficiência na língua. Tenho um certificado aqui na minha bolsa.

— Não dou a mínima para o seu certificado — retrucou o Sr. Maddox. — Quanto à The Lady, eu sei que não é a sua empregadora. Nada de brincadeiras. Repito: eu acreditava que só uma pessoa de grande excelência no inglês seria capaz de ler The Lady.

— Não. — Marcella começava a se sentir cansada. Ela pensou que gostaria de se esticar na cama de metal do quarto do pânico. Já tinha conhecido camas piores e algumas delas do outro lado da cidade, em Notting Hill. — The Lady está disponível gratuitamente para todos os que procuram serviço doméstico — explicou ela. — É apenas uma revista. Não são as obras de Alfred Lord Tennyson. Não é um manual de feitiços mágicos.

— A impertinência não a levará muito longe — alertou o mordomo. — Apenas por um curto caminho até sua demissão, e nada de tribunal trabalhista para você, nem pense nisso. Em sua sabedoria, o Governo de Sua Majestade alegremente remove a ajuda legal ao seu tipo de gente, que só faz reclamar. Portanto, uma vez demitidos, eles ficam demitidos. Estou avisando.

O piso do quarto do pânico parecia frio aos pés de Marcella. O salário prometido era baixo, mas ela precisava de um teto sobre sua cabeça, e ali estava aquele teto: endereço nobre, com moradia, para pessoa flexível, precisa gostar de cães, com experiência em lavanderia especializada e atitude prestativa, não fumante. A uma considerável distância ao norte dali, havia um quarto em cima de um restaurante de frango frito, onde algumas de suas compatriotas se reuniam e passavam a *The Lady* de mão em mão, como se nunca tivessem atingido a era da internet: não eram digitais, não precisavam recarregar, e elas não podiam ter um laptop para que não fossem roubados de seus próprios colos, nem qualquer dispositivo portátil que simplesmente aumentasse o que elas tinham de transportar; temiam ladrões de rua. Assim, examinada por tantos olhos, a *The Lady* tornou-se flácida e acinzentada; ficou rabiscada em vermelho, cruzada em verde, estrelada em azul. No quarto acima das enormes fritadeiras, uma mulher podia se esconder dos oficiais, policiais ou outros tipos: escondida se fosse procurada, escondida se fosse indesejável — ou seja, demitida. Podia abrigar-se ali por uma noite ou mais se não tivesse alternativa além das ruas. Às vezes as mulheres se deitavam, pés com cabeças, exaustas, enroladas em sacos de dormir ou cobertores, rostos cinzentos vazios no sono; quando acordavam, mal lembravam seus próprios nomes

Portanto, foi com um olhar tão humilde quanto contrito que Marcella ofereceu seu pedido de desculpas ao Sr. Maddox.

— Eu só não entendi o uso de uma palavra. No futuro comprarei um dicionário.

— Bem, você é jovem — cedeu o mordomo. — Talvez ainda possa aprender. — Uma baixa seria uma pessoa ferida. Por uma perfuração a bala, por exemplo.

Ela compreendia que aquela pessoa teria de se deitar.

— E quem baleou?

— Um intruso. Sequestrador. Abdutor. Ladrão. Agitador. Terrorista. Fora da lei.

— Perigo de todos os lados — murmurou Marcella.

— Este é um quarto do pânico muito básico — explicou o mordomo. — Uma bala não pode perfurá-lo e o ar, sendo filtrado, pode eliminar a maioria dos produtos químicos e biológicos, mas o quarto está projetado para abrigar pessoas apenas até que a equipe de segurança venha ao toque de um botão. Isto é, dos botões de pânico — instruiu ele. — Estão instalados em todos os cômodos.

— Eles são vermelhos?

— Vermelhos? Por que seriam?

— Como vou reconhecê-los? Se eu não identificá-los, poderia pressionar quando estivesse tirando o pó, num momento em que não haja nenhuma ameaça terrorista, e isto seria como o menino que gritava "olha o lobo".

O mordomo a encarou. Como Marcella suspeitara, embora ele tivesse um inglês mais rebuscado que o dela, sua gama de alusões era menor.

— É claro que não são vermelhos — disse ele. — Estão escondidos para que nossos empregadores possam pressioná-los discretamente. Estão em lugares ocultos.

— Mas eu preciso espaná-los — insistiu Marcella —, escondidos ou não. Passei recentemente por Notting Hill, de onde fui dispensada por não espanar as pernas das cadeiras.

— Esta não deve ter sido sua única falha — respondeu o Sr. Maddox. Ele falava como se considerasse o assunto, e seu tom era dúbio. — Em Kensington, certamente. Em Holland Park, talvez. Em Notting Hill? Duvido. É melhor se abrir comigo. O que mais você fez? Ou devo dizer, o que você se permitiu não fazer?

— Eu não fui estuprada — respondeu Marcella. — Eu consenti.

* * *

As circunstâncias foram simples e foram estas. A família — ou seja, a família anterior, de Notting Hill — havia saído de férias para esquiar. A pequena Jonquil foi tirada da escola, mas Joshua, que tinha 15 anos, foi deixado para trás, ou por não ser digno de esquiar nas férias ou porque era seu ano de provas, agora Marcella não lembrava; houve uma discussão sobre o tema na cozinha, durante a qual Joshua atirou um frasco de sementes e grãos variados no chão, e isto ela lembrava por causa dos dias e dias de reclamações sobre grãos incômodos sob os pés descalços. A conclusão foi que a mãe disse, nós vamos esquiar nas férias, Joshua, mesmo que você jogue todo o aparelho de café da manhã da Waitrose no chão. Faça o que quiser, Marcella vai limpar. Você pode ter uma chance em outro ano, aproveitando para lembrá-lo de que somos uma família trabalhadora e nós merecemos.

Mais tarde, quando estava subindo para seu quarto, Marcella encontrou Joshua sentado na escada, chorando. Era um garoto grande e corpulento, parecia sorver todo o ar, seu grande rosto molhado de lágrimas, sua respiração arfando para dentro e para fora. Joshua estava sentado na escada pessoal dela; não havia nenhuma razão para estar lá; seu quarto ficava abaixo, no segundo andar.

— Não olhe para mim — disse ele.

Marcella entendeu que ele estava envergonhado por chorar, um garoto tão grande. Mas por que ele foi até ali, se não para que ela o visse?

Ela comentou:

— Não choramingue, Joshua. — Ela quis ser gentil, mas viu que ele endureceu. Talvez a palavra errada? — Não chore, quero dizer — corrigiu-se ela. — Não faça nenhum dos dois. Haverá outras férias para esquiar.

— Não é minha culpa que minha mãe tenha dado o fora e me deixado com *ela* — respondeu ele. Com uma madrasta, ele quis dizer. — Mas sou sempre eu quem tem de ser punido por isso. Por que é assim, então?

Ele não esperava que ela tivesse uma resposta. Mas ainda assim, esperava. Ela respondeu suavemente:

— Quando você é punido, Joshua, nem sempre é porque se comportou mal. Muitas vezes é porque outros se comportaram mal.

Marcella esperou. Ele não era inteligente. Não a compreendeu.

— Quanto mais cedo souber disso, melhor para você — continuou ela. — Não é ajustado isso, claro.

— Ajustado isso o quê? — Ele a encarava.

— Não é... — A irritação ferveu dentro dela e se inflou em sua boca como um balão. Ela sempre tentava sentir pena de Joshua. Mas talvez, se ele não ocupasse tanto espaço e fosse mais higiênico... — Eu quis dizer, não é justo. Mas é assim que as coisas são. Agora se apresse. Seu pai está esperando para levá-lo de volta à escola. Entre seus companheiros risonhos você logo esquecerá suas tristezas.

Joshua içou seu volumoso corpo para a vertical.

— Por que você fala tanta merda?

— Sua mochila está no carro e eu coloquei suas passas achocolatadas no compartimento secreto, seis pacotes. Lembre-se de escovar os dentes depois, pois não são boas para sua dentição.

Ele baixou os olhos para ela.

— Saia da frente.

"Eu vou falar", pensou ela. "É para o bem dele."

— Joshua, há realmente um ditado: "Você não sabe que nasceu." Eu aprendi essa expressão recentemente e seu significado é, uma pessoa deveria considerar suas bênçãos. Você é abençoado com uma família amorosa, pelo menos em parte. Tem boa saúde e educação, roupas quentes e lavanderia, comida feita para você todos os dias do ano, dinheiro no bolso à vontade e nenhum trabalho exceto tentar ser agradável e lustrar seus sapatos de escola após o fim de semana prolongado, o que você sempre deixa de fazer. Seja um rapaz — disse ela. — Só criancinhas choram por causa de férias de esqui. Um bebê, da idade de Jonquil. Para você, Joshua, está na hora de ser homem.

Joshua não tinha lenço, apesar dos que Marcella lavava. Ela nunca o viu com um lenço. Em caso de necessidade, como agora, ele limpava o nariz na manga. Ele passou por ela num tranco, sem encará-la, e disparou escada abaixo. Havia todas as provisões para lágrimas à disposição, pensou ela, mas é privilégio do empregador e de sua família choramingar da forma errada, na hora errada para a pessoa errada.

No dia em que começaram as férias de esqui, uma vez que Marcella teve certeza de que a família tinha ido para o aeroporto e não podia voltar, ela parou na cozinha e se serviu de uma boa xícara de café, apenas uma. Ela bebeu de pé, como se isto minimizasse o delito. O café foi tirado de um recipiente colorido, e por algum tempo seus dedos pairaram sobre a bandeja de cápsulas, escolhendo qual cor experimentar. Ácido e fraco, o café a decepcionou. Mas o ritual, o instante de relaxamento: isto não decepcionou. Ela deixou a cápsula na bancada, luminosa como uma safira no granito.

Ela fez uma lista de todas as coisas pendentes a serem resolvidas antes do fim das férias de esqui, e a lista se estendia por duas páginas, mas durante os seis dias seguintes seu tempo seria só seu para organizar como bem quisesse. Por cerca de uma hora após a partida da família, as vozes ainda pareciam ecoar e reverberar por toda a casa, mas depois o silêncio se apossou dos cômodos, ela subiu as escadas até o andar do sótão e fechou sua porta.

A janela do sótão era alta, mas ela sempre achava que era uma janelinha graciosa. No primeiro dia, ela subiu numa cadeira para olhar para fora. Não havia nada para ver além dos telhados de Notting Hill, brilhando com a chuva. Havia um espelho em seu quarto, que fechava um guarda-roupa não maior que um caixão. Cabia uma capa de chuva, um casaco de algodão, dois uniformes de trabalho (macacão xadrez azul) e talvez três outras peças; espremendo tudo, o armário ficava lotado. Isto a incomodava. Será que acreditavam que ela não ficaria por muito tempo? Ela queria ficar por muito tempo; o quarto do frango frito fora retomado pelo proprietário, que queria vendê-lo e, portanto, acusou as conterrâneas de Marcella de tocar um bordel. Então agora não havia nenhum lugar para ir entre um emprego e outro, e o capricho de um empregador ou mesmo o despeito de uma babá ou de um porteiro 24 horas podia ser suficiente para torná-la uma dessas mulheres carentes que espreitavam na saída dos supermercados à espera de sanduíches de camarão descartados. Documentos na bolsa, certificado de proficiência na língua e todo o resto: bolsa na mão, bolsa roubada: este muitas vezes era o destino de suas compatriotas. Às vezes, levadas pelas autoridades, elas alegavam ser outras. Às vezes, se alguma estava doente demais para trabalhar, outra pegava suas chaves e silenciosamente entrava em uma casa estranha, para limpar pisos e esfregar banheiros; elas movimentavam o esfregão vestidas com macacões e os empregadores não percebiam e sorriam imparciais quando um corpo com um balde se encolhia diante deles nas escadas.

Então é incumbente, Marcella sempre dizia, incumbente acomodar-se a qualquer acomodação; com o guarda-roupa oferecendo tão poucas oportunidades, ela dobrava seu casaco de algodão e o guardava em uma gaveta. Havia uma cômoda de quatro gavetas e uma segunda cômoda que parecia ter gavetas, mas não tinha. Era, na verdade, um armário. Se você abrisse, lá dentro estava a cama. O armário corria sobre rodas e era preciso segurá-lo firme com uma das mãos enquanto a outra puxava a cama para fora, agarrando uma barra e puxando a estrutura de metal. Se não exercesse força contra o gabinete, ele rodava pelo quarto com a cama ainda dentro.

Pois bem, na casa agora vazia — férias de esqui em curso, o tempo se prolongando diante dela —, Marcella tinha uma decisão a tomar. Ela quis marcar sua liberdade deitando-se. Mas nunca havia puxado sua cama durante o dia. Ela se imaginou deitada no colchão listrado. Não parecia certo. Para tirar uma soneca, ela precisaria fazer a cama com os lençóis e colcha que deixava dobrados na cadeira. Depois da soneca, arrumaria tudo de novo? Ou deixaria a roupa de cama no lugar e retomaria sua vida como se esta fosse uma casa racional, onde as camas não ficam guardadas em armários?

Ela desceu outro lance de escadas, para o quarto de seus empregadores. Era como se a senhora ainda estivesse presente, uma nuvem de seu cheiro estranho pesando no ar. Era difícil lembrar que um homem dormia naquele quarto. Ela olhou para a extensão *king size* da cama. Estava coberta por uma colcha leve, *off-white*, uma discreta estampa sépia, uma espiral florida em pigmentos vegetais. Parecia ter sido lavada muitas vezes, batida nas pedras por uma mulher num córrego. Mas não era verdade, pois ela mesma buscava a colcha da lavagem a seco, envolta em plástico, quando a senhora derramava seu café da manhã ou a pequena Jonquil, subindo amorosamente na cama dos pais, espirrava seu suco ou vomitava.

"Não posso deitar aí", pensou Marcella. "E se eu sujasse a cama?" Ela saiu do quarto, fechando a porta suavemente para aprisionar o perfume de rosas, manjericão e lima. Ela desceu um andar, para o quarto da pequena Jonquil. Ela se deitou na cama pequenina, a cabeceira desenhada com ovelhas. Seus olhos pousaram no papel de parede; suavemente se fecharam, diante de uma imagem de bezerros de cílios longos em um prado do mais profundo verde. O matadouro não estava retratado ali: a menos que o papel de parede se prolongasse, para novos quartos, novas casas desconhecidas que ela limparia, muito tempo depois que fosse demitida desta aqui.

Ao som de uma porta abaixo, ela acordou assustada. Sua boca estava seca e no início ela não sabia onde estava, ou quem era.

Porque era plena luz do dia, ela não ligou os alarmes, nem o despertador nem o de segurança. Ela ficou de pé. "Tenho que enfrentar", pensou ela. "Qualquer saqueador. Devo defender acima de tudo o estúdio com painéis e os móveis embutidos nos quais não se deve usar spray de polir, é proibido, apenas cera. Devo defender o cofre de parede, o hardware, o software. Devo defender os bezerros no pasto, a colcha sépia." Ela cambaleou para o patamar da escada. Joshua, o filho da casa, veio a seu encontro.

— Joshua? É você? Pensei que estava na escola.

Ele a encarou.

— Obviamente que não. Idiota.

As calças de Joshua caíam ao redor dos quadris, acumulando-se em pregas sobre seus tênis enormes; era um estilo hoje abandonado nas ruas, mas ele e seus colegas de escola o conservavam fielmente pois, enclausurados em Wiltshire durante meio ano, não estavam a par das mudanças na moda. Aqueles idiotas alimentados com manteiga, emanando ressentimento; sentavam-se na cozinha fumando, deixavam cair as cinzas direto no chão e rindo; eles a cutucavam com os dedos dos pés e fingiam que era por acidente enquanto ela rastejava em torno de seus tornozelos com a pá de lixo e a vassoura.

— Você está sozinho? — perguntou ela. — A escola sabe onde você está?

Ela se deu conta, são Joshua e sua laia quem destrói os bezerrinhos do papel de parede e arranca suas cabeças a dentadas sem sequer esfolar e assar. Impossível imaginar que um dia suas mãos de bebê tocaram encantadas os contornos de uma fazendinha pintada, ou que seu olhar infantil repousou sobre um móbile de libélulas e pássaros azuis.

Ela o encarou. Ele estava bloqueando a escada. O número "69" estava estampado em seu moletom cinza e o capuz da roupa estava puxado de modo que seu rosto surgia inocente, rosado como presunto.

— Não se irrite comigo, Joshua — disse ela. — Você pediu explicação para seu castigo. Eu lhe dei.

— Faça comida — retrucou ele.

— Muito bem. Eu posso fazer isso. O que você gostaria?

— Me chame de senhor.

— Não.

— Me chame de senhor.

— Não é certo, Joshua. O seu próprio pai, condecorado pela rainha, diz: "Me chame de Mike".

— Não me importa como você chama aquele bosta — respondeu ele —, mas você vai me chamar de senhor ou vai lamentar.

— Imagino que vou lamentar de qualquer maneira — retorquiu Marcella. — É o que geralmente acontece.

* * *

Naquela noite, ela ouviu os sons da festa abaixo. Ruído de vidro se quebrando. A batida histérica de uma música brutalmente arrancada de sua mãe, cujo nome é melodia: uma música ganida e desesperada como um órfão abandonado num campo. O que deveria fazer? Joshua simplesmente não respondera às objeções dela. Como se não tivesse escutado. Ele a pôs de lado com uma cotovelada. Ela se perguntava se ele realmente tinha feito aquilo ou se havia imaginado. Sua carne parecia marcada pelo cotovelo dele, oca; ela imaginava o hematoma. Marcella ensaiou a história que contaria a Sir Mike. "Vieram em bando, sem nenhum aviso, e trazendo estranhos; seu filho me empurrou com uma cotovelada. O que devo fazer? No anúncio, Sir Mike, você não declarou 'babá em tempo integral'. Se isto estivesse estipulado, eu teria dito, quem, eu, Marcella, controlar aquele garoto enorme?"

Desde que começou naquele trabalho, um teto sobre sua cabeça, não mais exposta a roubos aleatórios na rua, ela ganhou um telefone celular, e podia ligar para Sir Mike e a esposa: exceto que seu telefone estava lá embaixo, dentro de sua bolsa, que ela havia deixado junto à cafeteira. Ela podia imaginá-la na bancada de granito, junto à cápsula safira de café; embora provavelmente já fazia tempo que a cápsula se perdera na violência. Era uma bolsa preta de couro falso de boa qualidade; Marcella tinha olho para estas coisas, vindo como vinha de um país onde as pessoas eram hábeis na falsificação, na aplicação de logotipos falsos e na fabricação de identidades falsas para trabalhadores partindo para o exterior. Por que, ela se perguntava, não borrifam as bolsas com cheiro falso de couro? Não falta mais nada. Ela podia ver a bolsa em sua mente, lisa e macia como o melhor couro deve ser. Dentro, havia cinquenta libras. Eram todas as economias de sua vida, que ela só conseguiu juntar quando veio para esta casa. Ela sabia que os convidados da festa já haviam roubado fazia horas.

"À meia-noite", pensou ela, "eles vão se aquietar, vão até o porão para ver filmes pornô, daí eu vou descer discretamente." Contudo, mais jovens chegaram à meia-noite, a música sacudindo as fundações. A cada poucos minutos, novos invasores urravam do jardim ou irrompiam pela porta da casa. Enquanto eles estrondeavam abaixo, as luzes de segurança brilhavam nos jardins da vizinhança, e ela se sentiu como encurralada, num país distante, no longo equinocial de uma tempestade dos trópicos. O olho da tempestade passava sobre ela, colando-a na parede branca de seu quarto, onde todo o bairro podia vê-la e julgá-la: inepta, inútil. Eram dez horas quando os primeiros convidados começaram a chegar e, depois de levar a cotovelada, ela se recolheu ao andar de cima. Era agora 1h30. "Em breve", pensou ela, "alguns vão desabar, por exaustão. Talvez eu ouça o barulho de sua queda. Talvez eu seja convocada para fazer curativo em cortes nas cabeças ou massagem cardíaca: eu tenho certificados para isto." Ocorreu-lhe que, se fosse para salvar uma vida, qualquer descuido no cumprimento de seu dever seria desculpado. Os pais da jovem vida salva certamente a recompensariam. Talvez até lhe dessem um emprego, com uma cama adequada e um fim de semana de três dias a cada quinzena: arranjos que proporcionariam autorrespeito e consideração mútua.

Marcella assumiu uma posição vigilante logo do lado de fora da porta de seu quarto. A qualquer som de pés se aproximando, ela planejava recuar e fechar a tranca. Ela estava alerta para detectar qualquer coisa que pudesse identificar, acima ou abaixo das batidas da música. Naquela manhã, ela havia acordado às quatro para os preparativos finais das férias de esqui. Havia, portanto, quase 22 horas que não dormia. Apesar do barulho, ela deve ter cochilado, ainda de pé, com a cabeça na parede. Quando uma sirene de polícia soou, ela acordou num sobressalto. Assumiu o risco de descer meio lance de escada na direção do térreo, onde podia ver uma faixa de rua por uma janela estreita; daquele ângulo, viu segmentos de uma ambulância parando bruscamente e partes de um jovem sendo levado até o veículo, a cabeça caída e um cobertor prateado enrolado nele, como uma capa mágica para proteger de feitiços.

Não era Joshua. Se ela visse Joshua sendo levado, talvez se arriscasse a descer e abrir seu caminho entre os corpos caídos. Qualquer convidado ainda de pé provavelmente não se importaria com ela, ou nem mesmo a notaria; saberiam por seu comportamento que ela estava ali para limpar. Mas com Joshua na casa, ela não podia arriscar. Agora que pensava no assunto, ela tinha certeza de que ele a havia agredido. Havia uma dor persistente em seu peito que não sabia explicar de outra maneira. Havia uma ardência abaixo dela, como um soco: nós dos dedos em seus seios.

Uma vez que a polícia e a ambulância chegaram e partiram, houve uma paz inquieta, atravessada por gritos súbitos e portas batidas. Ela podia ouvir através daquele silêncio, e interpretar: era mais assustador que o barulho, que lhe retirava toda a responsabilidade de entender o que estava ouvindo. Contra aquela música, aquela besta com seu pulso alienígena, ninguém poderia opor uma pequena ação humana. Mas agora era preciso decidir. Marcella decidiu dormir. Ela pôs a mão no topo do armário e começou a puxar sua cama.

Era economia de espaço, dissera a senhora Sophie quando, no primeiro dia, mostrou onde Marcella ficaria. Marcella conteve o impulso de dizer, "mas é o meu espaço e eu preferia não economizá-lo, preferia ter uma cama adequada".

— Espero que você se sinta confortável. — A senhora olhou para Marcella como se ela não gostasse do que estava vendo. — A última filipina tinha ossatura pequena.

— Não sou filipina — comentou ela.

— Mas é claro que, se houver um problema, basta dizer.

— Não há nenhum problema — respondeu ela; era a resposta que a senhora queria ouvir.

* * *

Seu sono, quase na aurora, estava inquieto. Quando ela acordou, eram nove horas. À luz prateada de outro país, as férias de esqui começavam. Aqui, a chuva caía. Durante todo aquele dia, ela não desceu. Quando descesse, teria que limpar o vômito e o vidro, talvez sangue. Ela era sensível aos ruídos da casa, tinha experiência neles, sempre alerta para não se intrometer na privacidade da família. Assim, através de sinais como a descarga dos vasos sanitários, ela soube que vários jovens permaneciam. A presença de outros podia oferecer alguma proteção contra Joshua; mas, por outro lado, será que ela queria encontrar toda uma gangue deles, truculentos e ainda bêbados, ou talvez pior que bêbados?

O fim de semana logo terminaria. Eles certamente devem ter que voltar a certos lugares. Os pais os esperariam, as escolas. Aí ela desceria e tentaria reverter os danos. Mas comeria primeiro.

Ela não havia tomado nada desde sua xícara culpada de café, de pé diante da bancada: os biscoitos cantucci numa jarra de vidro, não ousou, ainda que agora se sentisse atormentada pela lembrança das amêndoas e cascas de laranja. Não havia comida em seu quarto. Quando começou na casa, ela guardava barras de cereais, mas Sir Mike as encontrou. Ele pediu desculpas por investigar seu quarto na sua ausência, mas explicou que a última filipina havia concordado em esconder os pacotes de drogas de Joshua, então eles acharam que seria prudente realizar revistas aleatórias a cada poucos dias.

— Mas eu nunca esconderia drogas — disse ela.

Sophie, a senhora, respondeu:

— Joshua não deu escolha à última menina. — E, a Sir Mike: — Ele pode ser muito persuasivo, seu filho.

— Seu filho? — indagou Marcella. — Ele não é seu filho também, senhora?

— Meu Deus, quantos anos você acha que eu tenho?

— Quarenta — respondeu Marcella, sinceramente.

— Ela se mandou para Vancouver! — exclamou a senhora. — A própria mãe. Ela o abandonou. Não suportava nem vê-lo, então agora tenho que ficar com ele, pelo resto da minha vida.

Marcella ficara pasma. Seria possível que a esposa tivesse feito aquela mencionada viagem não com o propósito de deixar o marido, mas para deixar Joshua? As pessoas fugiam de seus próprios filhos? Ela pensava que era impossível, até conhecer aquela família.

— Eu vivi uma vida fechada — admitiu ela.

Ela se virou para Sir Mike, uma pergunta nos lábios, mas ele disse:

— Marcella, se não se importa, e eu digo isso com mais tristeza que irritação, poderia deixar de guardar estas barras de cereais no seu quarto? Isto atrai bichos.

— Além disso — acrescentou a senhora —, poderia por favor me chamar de Sophie, no que não há problema nenhum, ou Lady Sophie, ou Vossa Senhoria, se for preciso, mas não me chame de "senhora". Porque é... inapropriado. — Ela se virou para a porta. A revista aleatória tinha acabado. Sua voz era fria. — Além disso, essas barras estão repletas de açúcar e conservantes. São comercializadas como alimento saudável, mas francamente, você já leu o rótulo?

* * *

Atrás da fome, ou melhor, junto com ela, veio o tédio. Marcella tinha um rádio em seu quarto, mas não se atrevia a ligá-lo; ela tinha esperança de que Joshua a tivesse esquecido, não queria lembrá-lo de sua presença ali. O olho precisava de algum alívio daquela parede branca, do verniz amarelado da cômoda que não tinha gavetas, da marca raspada onde a última filipina arrastara sua mala contra a pintura. Marcella tinha uma cópia do *Evening Standard*, de três dias atrás. Ela leu e releu. Pensou na *The Lady*, no quarto acima do frango Cheep Cheep, no hálito quente de suas compatriotas quando se reúnem, o alho e o gengibre: nas cruzes verdes, círculos vermelhos e estrelas de tinta azul. Ela lia os serviços ofertados mas não entendia os trabalhos. Emassador. O que é isso? Será que ela saberia fazer?

Em seguida, após o tédio e o *Evening Standard*, veio a necessidade de ir ao banheiro. Tinha um vaso de flores de plástico e, quando ele ficou meio cheio, ela subiu na cadeira, equilibrando-o com cuidado, e abriu a janela do sótão. Se alguém estiver no telhado, pensou ela, digamos que um pássaro ou um homem consertando as calhas, digamos que uma gaivota longe do mar: eles verão uma mão delgada e amarela aparecendo, desviando-se do batente; verão uma cuidadosa inclinação do recipiente, depois o fluxo fino descendo pelas telhas.

Depois que se aliviou desta maneira, ela se sentou em sua cadeira e se permitiu beber do copo d'água que, por pura sorte, ficara ao lado da cama quando o cerco começou. Estava turvo e uma pequena mosca ou mosquito tinha caído na água, e quando Marcella a buscou com o dedo, a mosca mergulhou abaixo da superfície, fugindo dela. Finalmente Marcella a agarrou contra a lateral do copo. Ela tentou puxá-la, mas a mosca simplesmente se desfez, escura e líquida, como uma mancha de sangue. Sua imunda essência de inseto estava agora na água, mas ela bebeu de qualquer maneira, permitindo seis goles. Ela esperava que antes de passar mal de fome, antes que seus intestinos se tornassem insistentes, Joshua rolaria para fora da casa, como um conquistador deixando uma nação arruinada em seu rastro, e simplesmente voltaria para seus amigos em Wiltshire, onde se gabaria de como enganara seus pais e como empurrara a empregada com o braço de modo que ela caiu e bateu a cabeça.

Mas isto não ocorreu. No final da tarde, Joshua subiu as escadas e bateu à sua porta.

— Eu achava que ele talvez estivesse passando muito mal — contou ela ao Sr. Maddox, o mordomo. — Ou com preguiça, ou que simplesmente tivesse me esquecido. Mas ele não fez nenhuma dessas coisas, ele estava na porta. Eu sabia que a tranca não o deteria por muito tempo. Embora eu seja obrigada a dizer que ele não tentou forçar a entrada de imediato.

Desde que ela proferiu a palavra "estupro", o mordomo ficou atento. Agora ela fechava os olhos, apoiando-se na parede do quarto do pânico, e conseguia perceber sua impaciência; ele queria o resto da história.

— Você não poderia ter pedido ajuda? — perguntou ele.

Ela balançou a cabeça. A rua estava cheia de casas, mas quem em Notting Hill ouviria uma voz feminina solitária saindo de uma janela de sótão? Além disso, que tipo de ajuda ela teria pedido?

— Eu não era... — respondeu, empregando a palavra cuidadosamente — ...uma baixa. Ninguém tinha me baleado. Eu me tranquei em meu quarto pelo pânico.

O mordomo disse:

— Vamos, Marcella, pode confiar em mim. Por que não me chama de Desmond?

— Porque não seria respeitoso.

— Não. Não estou perguntando seu motivo, estou fazendo um convite. Pode usar o meu nome de batismo. — Ele tinha pena dela. — Eu vejo que sua Escola de Inglês não era tão boa quanto você imagina. Você não entende algumas coisas muito óbvias. Expressões idiomáticas comuns lhe escapam. Mas eu errei em criticá-la por você não conhecer esse uso da palavra "baixa". Antigamente era familiar a todos, usada inclusive para se referir ao corredor do hospital onde pessoas lesionadas eram tratadas depois de esperar algumas horas. Agora chama-se pronto-socorro.

— Eu conheço pronto-socorro. Joshua é sempre trazido para lá.

— Cuidado com sua escolha verbal — alertou o mordomo com simpatia. — Você deveria dizer: "Joshua é sempre levado."

Após emitir esta correção, Desmond esticou o braço, colocou a mão na parede: como se para deter a vida até que a história terminasse. Ela não era preconceituosa, mas não pôde evitar a sensação de que, sendo tão preta, a mão dele deixaria uma marca: suas impressões digitais. Ele disse:

— Conte sua história, Marcella. Recapitulando, é fim de tarde. Você está em Notting Hill, em seu alojamento no sótão. Está com fome e não dormiu bem. Você se encontra em estado de agitação. Não conseguiu pedir ajuda, sem saber a quem deveria recorrer. Agora é tarde demais. Joshua está batendo na porta. Você tem razões para acreditar, já que o acusou de chorão, que ele guarda ressentimentos contra você. Uma vez ele já a agrediu, empurrando com o antebraço. E agora?

— E agora nada — disse ela.

— Não, Marcella — insistiu o Sr. Maddox. — Por favor, confie em mim. — Ele apontou para suas costelas superiores. — Os segredos morrem aqui. Mas eu não acredito que ele desceu as escadas tranquilamente outra vez. Não é assim que este tipo de história termina.

* * *

A batida na porta era apenas, ela sabia, uma maneira de o garoto zombar dela.

— Senhor — disse ela —, a tranca está posta. Estou em meu momento privado.

— Eu acho que você está comendo barras de bichos — acusou Joshua. — Saia. Pode descer e pegar um pouco de comida de verdade. Preciso que você limpe a casa.

Contudo, mesmo enquanto dizia isso, ele já sacudia a tranca; ela cedeu, assim que ele chutou. Ele surgiu no vão.

— O que você tem ouvido? — perguntou ela. — Dos pais? A viagem de esqui, estão gostando, eles?

Ela soava desesperada mesmo para si mesma. Nenhuma daquelas interrogações teria passado com louvor na Escola de Inglês.

— Você me fez arrombar a porta — disse Joshua. — Isso vai ser descontado do seu salário.

— Não — disse Marcella. — Seus pais nunca vão acreditar que fui eu quem arrombou isto sozinha.

— Eu vou dizer que fui eu. — Mais uma vez, Joshua não tinha um lenço e passou a manga no nariz. — Vou dizer que arrombei porque você estava dando uma festa aqui. Homens negros com drogas. Seringas, eu vou dizer. Vou dizer que eles quebraram a casa toda, seus amigos.

— O que você quer? — indagou Marcella. — Você já pegou minhas economias.

— O quê?

— Você pegou a minha bolsa.

— Para que eu quero sua bolsa suja?

— Cinquenta libras — disse ela. — Dentro. Por favor.

Ele riu.

— Escute — falou ele —, eu tenho cinquenta libras e já foi, assim. — Ele estalou os dedos. Algumas pizzas. Engradado de 12. Já era.

— Mas para mim é tudo.

— Ai, que dor no coração. — Ele segurou a estampa "69": estava usando as roupas de ontem. — Perdoe-me se eu vomitar.

— Não faça isso — disse ela, a voz baixa. — Se fizer isso, você mesmo vai ter que limpar.

— Veja como essa coisa fala comigo! — exclamou ele. Parecia indignado. Como se fosse ela quem tivesse culpa pelos eventos das últimas 24 horas. — As pessoas deveriam considerar suas bênçãos — debochou. Estava imitando a voz dela.

— Deixe-me descer — pediu ela. — Deixe-me passar, Joshua. Eu vou fazer pão com ovo para você. Vou tirar um bife do freezer, tanto quanto você quiser, e pode comer salsichas. Eu mesma vou comprá-las. Faço batatas fritas. — A fome era como um arrebatamento: ela se sentia tonta. — Por que quer me fazer passar fome? E me manter aqui quando estou disposta a limpar para você?

— Essa sua gentinha, Marcella... — Ele se demorou ao dizer o nome, como se limpasse os pés nele. — Vocês são tão cheias de merda, e isso me irrita tanto.

— Eu vou fazer leite com chocolate. Não vou contar a ninguém.

— Sempre andando por aí, tirando pó. Arrastando essas porras de baldes com sabão subindo e descendo as escadas. Me faz vomitar. — Seus olhos percorreram o quarto. Não pareciam bem focados. — Onde está sua cama?

Nesse armário.

O quê? Isso nem é um armário, é uma cômoda.

"Que ele procure por si mesmo", pensou Marcella. Os olhos dele recaíram sobre sua cama, dobrada no canto. Ele começou a acreditar nela.

— Mostre-me — disse ele. Depois, porque não conseguiu esperar um só momento para proclamar seu intuito, ele gritou: — Vou estuprar você.

— Não, não vai.

Joshua bateu a porta. Um longo passo o levou para o centro do quarto.

— Seja homem, você me disse. Você sabe que disse, se falar que não, você é uma mentirosa filha da puta.

A menos que ela se atirasse através da claraboia, não havia saída. Ela calculou o que fazer. Joshua começou chutando o armário que abrigava a cama, depois puxou o que acreditava ser uma gaveta. O painel frontal caiu, como estava projetado para fazer. Por um momento, ele pareceu espantado: como se não conhecesse sua própria força. Ele olhou para as molas da cama, sua parte inferior exposta. Sua testa se franziu. Dentro do armário, o colchão de espuma estava dobrado, como uma pessoa num elevador torcida por cólicas estomacais. Ele apalpou o colchão. O armário rolou para longe dele em suas rodinhas, rangendo. Ele deu um soco no armário.

— Ai! — Ele chupou os nós dos dedos e ela sentiu a dor profundamente em seu peito. — Não preciso de nenhuma cama de merda em um armário — berrou ele. — Posso pegar você contra a parede. Não tente gritar.

— Eu não vou gritar.

Ele a encarou.

— Você é idiota? Você tem que gritar. Escutou o que eu vou fazer?

— Sim, senhor — disse ela —, mas você não pode. Porque o estupro é uma violação à força, é brigar de volta. Eu não vou brigar com você, porque estou faminta e fraca, e mesmo que não estivesse, você pode me superar. Então eu não vou correr o risco de me machucar e ir para o pronto-socorro. Não precisa rasgar minhas roupas porque não tenho dinheiro para outras. Se quiser, eu mesma vou tirá-las, ou, se estiver com pressa, eu posso simplesmente levantar a saia. Daí você pode fazer a coisa em mim, se sabe como. Não é como nos filmes pornô, onde a mulher está sempre aberta. Isso leva tempo. É difícil. É como tirar a cama do armário.

* * *

Quando, em pé no quarto do pânico, ele ouviu a história até o fim, o mordomo disse:

— Na verdade, embora eu culpe o rapaz, você é parcialmente culpada.

— Como assim? — perguntou Marcella.

— Acredito que você saiba como. Você o provocou. Com leite achocolatado. Batatas fritas. Passas de chocolate. Implicando que a posição dele era de uma criança indefesa.

— E ele quis se mostrar homem — acrescentou Marcella. — E se você chama isso de provocação, eu não chamo. Porque há tempos que eu sei que, se as passas não estiverem na mochila quando ele voltar para a escola, ele telefona de Wiltshire fazendo um escândalo. Sinceramente não quero viver em um mundo onde uma mulher não pode oferecer uma refeição a um garoto sem ele se sentir livre para quebrar a cabeça dela.

— Não podemos escolher o mundo em que vivemos — respondeu Desmond Maddox. — Embora talvez possamos escolher nossa Escola de Inglês. Choramingar, chorar: há uma diferença.

— Eu fui acusada de ter barras de cereais. Isto foi injusto. Mas eu não criei problema.

— Eu tenho uma pergunta — admitiu o mordomo. — Como você conseguiu referências? De Sir Mike? Você não roubou seu papel timbrado, roubou?

Marcella estava inspecionando os lanches no armário do quarto do pânico. Segurando um pacotinho, ela avisou:

— Este aqui já saiu da validade.

— Ai, droga — disse Desmond. — Não tem problema. Ou você pode levá-los, se quiser.

— Mofado, talvez — comentou ela. — Vou correr o risco. — Ela colocou o pacote dentro da bolsa. Era sua velha bolsa, embora sem suas economias. Quando voltou para casa da estação de esqui, Lady Sophie encontrou a bolsa atirada no jardim.

"Eu sabia que só podia ser sua", dissera ela quando a devolveu.

— Certa vez tivemos um chef que forjou sua referência — esclareceu Desmond. — Ele recebeu o bilhete azul. Essas coisas são sempre descobertas.

— Não posso adivinhar a história dele. Eu não acho que aconteceu com ele o que aconteceu comigo.

— Na verdade — comentou Desmond —, eu mesmo partirei em breve. Mais adiante na rua, Regent's Park. Para trabalhar atrás de uma fachada John Nash, devo dizer que é o sonho de todo mordomo. Assim, você está chegando a St. John's Wood, Marcella, exatamente quando eu estou seguindo em frente.

— Ah. Justo quando começamos a nos chamar pelo primeiro nome. Quem sabe, nossa amizade poderia ter se desenvolvido. Você já deu o aviso?

— Ainda não, então sem comentários.

Ela tocou seu peito.

— O segredo morre aqui.

— Achei o emprego na *The Lady* — afirmou ele. — Boa família. Nunca vem a este país por mais que uma, duas, três semanas por ano. Trazem sua comitiva com seu próprio chef, não comem comida inglesa por razões de gosto e higiene e porque poderia haver veneno. Então é um trabalho confortável. Guarda de segurança, realmente, por nove-dez meses ao ano.

Desmond retraíra a mão da parede. O olhar de Marcella procurou e procurou por uma marca, mas ela não conseguiu ver nenhuma. Ainda assim, ela seguiu procurando; não queria ser acusada de descuido em sua primeira semana. Ela perguntou:

— Sua nova família, eles têm um quarto do pânico?

— Sob aquelas casas — disse o mordomo —, tinha que ver o que acontece. Ninguém sabe da missa a metade. Toda a terra é escavada. Uma expansão abaixo. O quarto do pânico é sete vezes maior que este. Londres inteira pode desabar em volta deles e ainda assim o congelador estará totalmente abastecido. Todos os chuveiros são saunas multijato a vapor, e mais, a cozinha tem cafeteira embutida, máquina de gelo, adega com temperatura controlada para o armazenamento de vinhos, máquina para *sous vide* com selamento a vácuo e um sistema de filtragem de ar adequado para os alérgicos. As paredes são construídas para suportar uma bomba nucular.

— Nuclear — corrigiu ela.

Ela viu o olhar que passou pelo rosto dele: não se atreva a corrigir meu inglês, sua puta amarela. Foi substituído imediatamente por uma expressão de neutralidade entediada, enquanto ele a conduzia para fora do quarto do pânico e subia as escadas. Mas ela tinha visto; não esqueceria; ela não esquecia as coisas, à exceção dos acontecimentos que se seguiram ao primeiro soco. Havia uma área de escuridão, uma escuridão que corria como um rio, uma escuridão que se acumulava como um lago; em seguida, depois de algum tempo, ela não sabia quanto, vieram luzes brilhantes e vozes e dor. Quando ela abriu os olhos, a primeira coisa que viu foi o rosto perplexo, ansioso da pequena Jonquil, que lhe enxugava a boca com um lenço de papel entre seus dedos pequeninos. Marcella percebeu que, preterindo sua própria cama, Joshua usara a cama da irmã para a violação, mas ela não se lembrava de nada daquilo; os machucados estavam frescos em suas costas, onde ele a arrastara pela escada abaixo, mas ela não sentira nada no momento. As ovelhas desenhadas na cabeceira disseram sim senhor, não senhor, às suas ordens senhor; os bezerros caíram de joelhos na grama frondosa da campina; os pássaros azuis tremiam em seus fios enquanto o móbile tilintava na brisa.

Nos dias subsequentes, depois que Desmond fez suas despedidas e ela se estabeleceu em seu novo serviço, Marcella pensou no mordomo e em seus novos empregadores no Regents Park, e imaginou como todos estavam indo. Se vinham apenas uma vez, duas, três vezes por ano, talvez jamais visitassem o quarto do pânico. Mas se surgisse a necessidade, e eles se encontrassem sob o solo: o que fariam quando o pânico inicial diminuísse, quando se reduzisse àquele estado de medo embotado no qual muitos de nós vivemos nossas vidas, uma vez que deixamos nossos portos seguros, a casa de nossos pais? Como passariam as semanas, enquanto Londres se desintegrava e cães ferozes revistavam as ruas, à medida que os filtros de ar se entupissem e os estoques do congelador se esgotassem? Teriam livros para ler? Fariam quebra-cabeças? Disputariam jogos? Ela imaginou senhores solenes do Oriente Médio, vestes brancas içadas para mostrar as pernas peludas e as meias de seda preta; ela imaginou suas esposas envoltas em negro, mãos emergindo para agarrar outras mãos, cada dedo pesado de joias. Ciranda cirandinha. O cravo brigou com a rosa. Ela se lembrou do jornal, o *Evening Standard*, que a sustentara durante aquelas horas perdidas em Notting Hill. Os serviços que ela poderia ter aceitado. "Trabalho de atendimento", diziam os anúncios. "Funcionário requerido para espaços confinados".

O trabalho está sempre à espera, não se pode escapar. Eram necessários rebocadores e embutidores, trilhadores, aplainadores e rebitadores, operadores de multicomércio e equipes de emassamento. Quando saiu do hospital e ficou bem para voltar a trabalhar, Marcella visitou uma agência. Mencionou aqueles ofícios e confessou que não sabia o que eram. Eles a aconselharam a manter o foco nos pontos fortes listados em sua carta de recomendação: *Marcella está sempre disposta.*

— No entanto — disseram-lhe —, sua aparência não ajuda.

Ela não negava. Havia perdido dentes no ataque. Mas todos os perdemos, mais cedo ou mais tarde. Ela disse isto à mulher da agência: que então concordou em manter seu currículo em arquivo. Uma semana se passou e nada, apesar de suas ligações diárias para eles.

Todos os dias ela lia o *Standard*. Precisava-se de soldadores, pintores e fabricadores. A palavra capturou sua atenção: fabricadores. Ela se voltara, como de costume, às colunas da *The Lady*, e ali encontrou seu posto atual em St. John's Wood. Quando foi chamada para a entrevista, uma amiga foi em seu lugar, alguém com mais dentes; e quando ela se apresentou em seu primeiro dia, ninguém disse, você não é a mulher que vimos na semana passada. Desmond simplesmente lhe disse: "Eu sou o Sr. Maddox, o mordomo"; seu olhar passara por ela; ele lhe deu um avental, mostrou-lhe a casa e lhe permitiu visitar o quarto do pânico, o primeiro que ela já tinha visto.

Às vezes, em St. John's Wood, ela tem sonhos sobre seu trabalho anterior e sobre como ele terminou: com um bate-boca acalorado, com a cama-armário desabando no chão: num blecaute, numa ausência. Ela já não tinha certeza se os fatos eram exatamente aqueles que havia contado ao mordomo. Pode ser que ela tivesse se comportado como uma fabricadora. Que houvesse ocorrido alguma repintura, ou rebocamento. O tempo passou. Ele cura tudo, ou é o que dizem. Talvez a dor que sentia fosse desgosto, e não socos. Talvez a história não tenha acontecido com ela, mas com sua amiga; as mulheres trabalham pelos salários umas das outras, os nomes são apagados e as histórias se fundem, e não se pode distinguir uma amiga da outra quando estão enroladas em seus cobertores, apenas as cabeças visíveis e os olhos fechados, deitadas no miasma de gordura de frango e óleo de fritura. O garoto será punido. Ele dirá que não entende por quê. A câmera o apanhará nos degraus do tribunal, um hambúrguer na mão, a boca aberta em antecipação. Serão exibidas versões contestadas de conversas. (Choramingar, chorar.) A questão do consentimento será levantada; quando ela deu o seu? Foi quando ela deixou seu país? Foi quando ela aceitou o emprego? Foi quando ela concordou em nascer? O caso será arquivado por falta de provas. O dinheiro vai mudar de mãos. Aqui em St. John's Wood ela estará segura, ou não. Ela sonha com o momento em que despertou, e é apenas o sonho que faz com que ela pense, isto aconteceu com Marcella, com ninguém mais; ela vê a luz alpina afiada como vidro, e a pequena Jonquil, de volta das férias de esqui, chorando enquanto limpa o sangue de seu rosto.

"Desculpe incomodar" foi publicado pela primeira vez (como "Desculpe incomodar: Uma Memória") no *London Review of Books*, 2009.

"Vírgula" foi publicado no *Guardian*, 2010, e apareceu em *The Best British Stories 2011* (Salt Publishing).

"O QT Longo" foi publicado no *Guardian*, 2012.

"Férias de Inverno" foi publicado em *The Best British Stories 2011* (Salt Publishing) e apareceu no Guardian, 2012.

"Harley Street" foi publicado em *The Time Out Book of London Short Stories* (Penguin), 1993

"Delitos Contra a Pessoa" foi publicado na *London Review of Books*, 2008.

"Como Saberei Que é Você?" foi publicado na *London Review of Books*, 2000.

"O Coração Para Sem Aviso" foi publicado no *Guardian*, 2009, e apareceu em *Best European Fiction 2011* (Dalkey Archive Press).

"Terminal" foi publicado na *London Review of Books*, 2004.

"A Escola de Inglês" foi publicado na *London Review of Books*, 2015.

Este livro foi composto na tipologia
Souvenir Lt BT, em corpo 11/16, e impresso em
papel off-white no Sistema Cameron da Divisão
Gráfica da Distribuidora Record.